森莎拉

亦舒

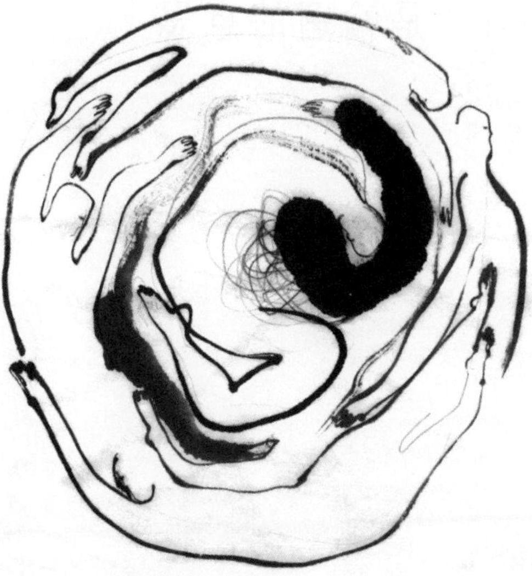

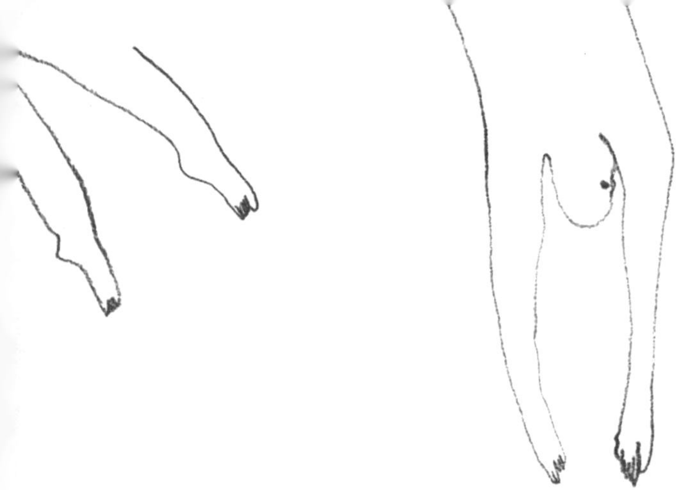

Sanskrit中是輪迴的意思。

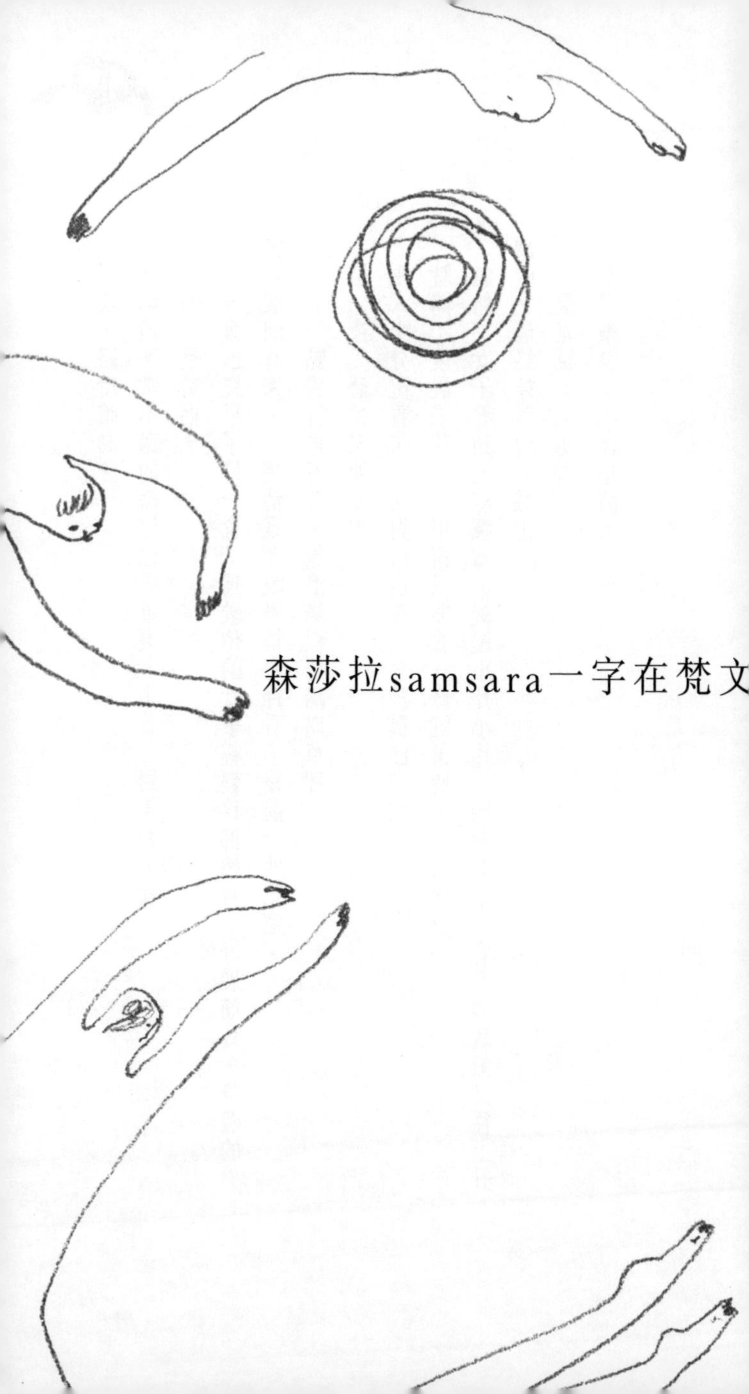

森莎拉samsara一字在梵文

黑夜，路燈暗澹。

一輛最平常不過的深棕色房車裏，坐着一對年輕男女。

他們不是情侶。

在車裏已經呆了好一會，駕駛位的女子輕輕移挪腰身，舒展筋骨，身邊的男子臉容瘦削清秀，一雙精靈大眼聚精會神看牢路前一所住宅。

街上一點聲音也沒有，流浪貓輕輕踏過草坪。

這一夜，恐怕又要空等。

兩人十分沉着，一句對白也無，全神貫注守候。

時間：凌晨三時半。車窗只開着一條縫子透氣，有寒意。

忽然，女子看到天空飄雪，緩緩小片小片，猶疑落下，有些遇暖氣又往上升一兩呎，最終掉落地上融化。

大眼兒說：「初雪。」

女子微笑：「你是詩人。」

她打開房車天窗，看雪飄。

那所屋子仍然沒有動靜。

這時車內無線電話響：「今夜仍然白守？」

大眼兒答：「為誰風露立中宵。」

那一頭的同伴笑，「你是坐着的吧。」

大眼兒答：「肚子餓了，去找吃的。」

她身邊的女子說：「慢着。」

只見屋宇二樓一盞小小燈亮起。

「屋主梳洗準備休息。」

另一頭的同伴說：「也有可能整裝外出，請密切注意。」

女子取過一塊能量巧克力，放進嘴裏，金睛火眼那樣屏息看牢二樓。

車廂又恢復靜寂。

雪漸漸大了。

二樓燈熄。

車裏兩人剛想鬆口氣，忽然，看到前門打開，一個穿黑色長大衣身形瘦小男子閃出。

大眼兒連忙拍攝傳真，「大拓，事主作男裝打扮。」

「明白。」

「此去有兩條路，大拓，請到橡樹路包抄。」

「終於忍不住現身。」

又一個意外，「有人接應。」

只見一輛軍用吉甫車自路口駛入，停在屋子門口，那人迅速上車。

「大拓，我與圓周決定慢駛跟蹤，請知會後援。」

「整條馬路只得你與疑犯兩輛車，如何跟蹤。」

「所以要叫後援。」

吉甫車駛得極快，圓周不徐不疾跟在後邊。

忽然，在轉角處，駛出兩架跑車，年輕司機喧嘩，像是酒會散場，也駛在吉甫車後，這是後援。

「車往阿崗昆國家公園駛去。」

「餘程交給我與大拓。」

「力高，我有點不安。」

「即將可以人贓並獲，結束十多天辛苦工作。」

吉甫車駛進公園大門，這是一座面積三百多公頃的保護區，連管理員都不可能走遍每一角落，圓周正要放慢車速。

忽然前面有大燈亮起，一輛車子對着他們頭對頭直衝過來。

大眼兒大叫：「不好，疑犯掉頭要與我們同歸於盡。」

圓周臨急應變，急踏剎車，扭動方向盤，寧願鏟向路邊。

但車頭燈光越來越強，剎那間圓周看到車子前座兩個乘客。

「大拓，力高，怎麼會是你們？」

電光石火間，分別坐兩輛偵察車內四名同組幹探撞成一堆。

金屬車身迅速似塑膠般捲曲粉碎，團成一塊，翻滾落山坡。

圓周沒有聽到任何響聲，她內心出乎意料平靜，看到最後一幕是大拓與力高驚疑眼神。怎麼可能！橡樹路與三十五街是兩條平行線，永遠碰不到一起，對方的車從何而來。

來不及了，車子停止翻滾，圓周漸漸失去知覺。

原來死亡並不可怕。

只是，如何向其他同事交代呢？嚴重罪案組戰績最彪炳的四名高級探員，竟喪生在一項荒謬的交通意外。

不知過了多久，圓周聽見有人叫她：「醒醒，醒醒，同我說話！」是力高的聲音。

她睜開眼睛，想坐起，這時，覺得腰後劇痛，啊，癱瘓了。

力高像是知道她想什麼，用力扯她的腿，「你沒事，只是皮外傷。」

圓周張嘴説話，發不出聲音。

「幸虧大拓千鈞一髮之間大力剎車。」

「小的呢，小的？」

年輕瘦削的大眼兒叫小的，圓周聽到他呻吟叫痛。

「我們四人都留得性命。」

大拓把受傷較重的伙伴搬離車廂放雪地上。

只見四周白茫茫視程只得兩三呎，什麼都看不清楚，約莫知道是曠野。

「這是國家公園範圍？」

「快用通訊儀。」

力高把背囊裏儀器工具取出，兩枚照明燈，一把自動手槍，電話，瑞士多用軍刀，以及若干乾糧和瓶裝水。

通訊儀器全部失效。

力高怪叫，「我們在何處？」

小的呻吟：「痛——」

大拓打開他衣服，看到左邊袖子一邊殷紅，整條手臂剖開，可見筋骨。

小的需要緊急護理，可是一片白茫茫，往什麼地方找醫院。

大拓替小的用襯衫包紮，他是組長，坐到一邊沉思。

「我們有兩枚照明燈，可以招到注意。」

「且慢，相信警方已在尋找我們。」

「大拓，如何發生撞車事件。」

「我不知道，」大拓聲音仍然鎮定，「這是一宗最尋常不過追蹤事件：車子正在行駛，忽然看見車頭燈，前座赫然是圓周與小的，剎那間兩車已迎頭撞上，幸虧沒有着火燃燒。」

「車上還有什麼裝備，全部取出。」

力高爬進車廂，取出毯子、電筒、繩索等雜物。

圓周側耳細聽，希望有直升機螺旋槳啪啪聲，但是四周靜得只得他們四個同伴呼吸聲。

忽然小的說：「看。」

他平躺，只看到天空，圓周仰頭，發覺濃霧已經散去，一輪明月，滿天星斗。

力高凝視月亮，「我的天，這不是我們的月亮。」

「你說什麼？」

「這不是我們的星空，北半球冬季，當空的應是獵戶星座，腰帶上三顆星閃閃生光，它在何處？」

「月亮上一點陰影也無。」

「連最大最明顯的隕石坑寧靜海都找不到，簡直像一方銀盤，比超級月亮還要大。」

小的喘氣，「我們到了什麼地方？」

「剛才濃霧籠罩，我們仍能視物，就是這個神秘月球照明。」

大拓不發一言，他用最原始的望遠鏡，仔細探視四周環境。

小的聲音軟弱，「有無止痛藥？」

力高說：「你這人當初怎會加入重案組。」

圓周代答：「因他是過目不忘的電腦奇才。」

大拓把望遠鏡交給力高，力高知道有內容，一看，「噫，那是一間民居的燈光，照三角測量，應在三公里以外，並不是很遠。」

大拓吁出一口氣。

小的聲音微弱，「你們快去求救，不要理我。」

圓周沒好氣，「這種時候使什麼苦肉計，力高，看看哪隻車門可以當雪橇用。」

力高檢視，「全部扭曲，我們輪流揹着小的走。」

大拓凝視那點燈光。

圓周說：「走到該處，有個固定位置，才放照明彈。」

各人點頭。

圓周先揹起小的，他比想像中重，她一聲不響，朝那點火光方向走。

雪下得大了，外衣濕透沉重，圓周打哆嗦，背上小的忽然停止説話。

「小的，小的，同我説話，你第一次吻女孩是幾歲，抑或，你從未親吻？小的。」

這時，她腳一軟，摔倒地上，與小的滾地葫蘆。

力高連忙扶起兩人，接力揹着小的。

圓周説：「大拓，我起碼走了一公里，為何燈光不見接近？」

大拓沉着，濃眉下雙眼仍然炯炯有神，叫同伴放心，這時，圓周發覺大拓一臉血污，人人都有損傷。

他們向前走。

像是多走三倍路程，才漸漸接近那所民居，約莫看得到輪廓。

「大拓，一路上環境，你腦袋都記住否？」

大拓答：「全部錄像在腦。」

「你是奇才，你也不屬於這地球。」

這時，看那輪月球，彷彿又大了百分之十左右。

「到了沒有。」

「噓，近了。」

屋子背後有一排樹林，正是他們先前在公園門口見過大小，葉子已經落清，枝椏特別淒清。

「是一間什麼樣的屋子？」

力高答：「英式十八世紀初期農式草頂，一共三進，右邊是馬廄，左邊是農場，當中住人，唉，如果有一碗香濃熱湯就好了。」

「什麼鐘數？」

「電子錶都停頓，大拓，你一向戴鏈條手錶。」

大拓回答：「我們的時間清晨七時，走了三個小時。」

「月亮還沒有下去。」

「不，不，我看到曙光，那邊應是東方。」

這時，一線橘紅晨曦光彩緩緩呈現，天空變幻成薔薇色。

圓周深深吸口氣，「真沒想到這麼美麗。」

大拓揹着小的，終於走到門口。

圓周已用盡所有力氣，跪在雪地跌倒，不知不覺，雪已經有呎許深。

圓周忍不住落下眼淚。

力高扶起她，低聲說：「振作，由你敲門。」

圓周點點頭，抹去眼淚，手指僵硬全不聽話，她臉青唇白，敲兩下。

力高情況不比她好許多，他揚聲：「有人嗎？請開門，我們需要幫忙。」

只有大拓沉得住氣，如果屋主願意開門，那真是天下第一好心人，來歷不明的四人身形高大，一身血污，不知道是被人追殺還是追殺人，就算讓他們在馬廄留宿，他們也願意。

半晌，聽不到屋內有聲響。

力高氣餒，平時辦案，一到現場，大喝一聲「警察」，即時舉腳踢開屋門，這是他的強項，一次兩邊門鉸全踢鬆，往屋裏倒，把疑犯壓倒在地，今日他勢頭被打倒。

他們聽到細碎腳步聲。

有救了。

力高出示警章，「我們四人是警員，受傷迷路到此，盼望援手。」

說得再明白沒有：迷途。

幹探如此狼狽，荒謬之至。

有人在小窗張望。

大拓怔住，那是一雙晶瑩閃亮年輕女性美麗大眼。

眼睛誠然是靈魂之窗，一閃之間，大拓覺得門內是一名秀美少女，且善良樂助。

果然，門輕輕打開。

大拓說：「謝謝你們。」

把小的抱着走入。

他們與屋內暖氣接觸，已軟倒在地，大拓先把小的放平，解開濕衣。

提燈少女走近，說不出好奇，凝視他們。

他們也訝異看牢少女。

她只得十六七歲模樣，似未成年，相當懂事，立即取來毛毯，還有幾杯熱茶。

圓周連忙顫抖剝下濕衣，裹住毯子，一邊喝茶，一邊落淚。

少女臉龐只得手掌大小，靈巧可愛，她對躺地小的特別關注，取來一把剪子，鉸開襯衫，把他左臂傷勢暴露。

圓周第一個驚呼，那傷口四周肌肉在短短數小時已經發黑壞死。

照西醫標準，可能要切除。

小的張大眼，氣若游絲，忽然看到一張秀麗如天使小臉，他居然渾忘苦楚，竟這樣説：「你好，我叫王的確，請問芳名？」

眾人啼笑皆非。

那少女微微笑，令他們有感，她不可能是壞人。

少女示意力高把小的放到長凳上，用毯子蓋住。

小的輕輕説：「我聞到肉湯。」

其餘三人進屋已聞到香氣，只是不好開口。

茅屋內是大統間，左邊是廚房，灰燼上放着一隻像女巫用大鐵鍋，裏邊就是湯。

屋子雜物齊全，但是打理整潔，少女似在此住了一些時候。

力高問：「你父母呢？可有兄姐？」

少女不語，他們發覺，少女並未開口講話。

他們面面相覷，怪，詭異，雪夜迷途幹探在茅舍裏遇見不説話的美少女。

只見她用木碗盛出熱湯，分給諸人。

圓周說：「是鮭魚薯茸湯！」

彷彿知道有客人要來。

力高的肚子咕咕響，少女又捧出整條新鮮熱烘麵包，他們三人放下身段，大口咀嚼。

小的掙扎，「我呢，我呢。」

力高扶起他，給他喝湯。

小的忽然想起在家千日好，卻老是推辭母親做的湯，鼻子通紅。

少女盛來一盆熱水，用毛巾輕輕拭去小的臉上血污，小手溫柔，小的懷疑他已經死亡，去到更好的地方。

然後，趁諸人忙着吃，少女煮沸剪刀及消毒其他用品。

大拓警惕，她要幹什麼。

少女坐近小的身邊，舉起剪子，朝壞死的肌肉剪下，小的慘叫。

力高本能拔出腰間手槍。

大拓連忙用手臂阻止。

少女示意他們一人一邊按住小的。

大拓一個眼神，表示也只好死馬當活馬醫。

他倆一人按小的一邊身子。

這小的苦不堪言，嚎叫不已，拼命掙扎。

少女不動聲色，順手抄起一隻瓶子，大力敲小的額角，卜一聲，小的中招暈厥。

圓周退後一步，呵也只好如此。

只見少女不徐不疾，用剪刀除去腐肉，用清水沖洗，像處理一條魚般，剝清裏邊，撒上一些瓦罐裝着的白色粉末。

大拓把所有步驟記在心中。

少女把油燈放近一些，取出一枚針，穿上線，就那樣，一針針把傷口縫攏。

森莎拉

圓周看得發獃，少女手指纖長靈活，手勢極快，針法是十字繡，一共縫兩層，先是肉，後是皮。

她手法嫺熟，像縫衣衫一般。

做完，剪完線，鬆口氣。

她鼻尖有汗珠，想也盡了全力。

圓周走前，「謝謝你。」

她微笑不答，盛水叫他們洗臉。

圓周一聞，竟是蜜糖水，蜜有癒傷去毒功效，圓周心中感激。

因少女不說話，他們也維持緘默。

圓周歸納了幾點：一，屋裏沒有電與自來水，只用油燈與井水；二，少女打扮樸素，長袖長裙；三，她似聽不懂他們言語，可是聰敏領悟到他們需要；四，她一人獨居。

力高說：「我外出放求救訊號？」

圓周看着訊號管颼一聲升空，在半空炸開，冒出灼目白光，像有人在天際按動閃光燈，一連三下，每次在高空停留數秒，才緩緩散開。

力高喃喃說：「搜索救援組應該看到。」

他們回到室內。

力高訝異，平時最醒覺的大拓靠在牆上盹着，而小的呼呼睡得熟透。

他在圓周耳邊問：「那白色粉末是何物。」

圓周在他耳邊講了一個字。

接着，她打一個呵欠，呵，今日是何日，死裏逃生，如此折騰，前所未有，也該休息了，明日再作打算。

幸虧他們一共四個人。

圓周一向輕睡，半夜起碼醒一兩轉，這次實在累得虛脫，一夜睡到天亮，沒有夢，不可思議。

她與力高前後被大拓推醒。

茅舍窗戶打開，透入新鮮空氣。

不明所以，不知恁地，圓周覺得愉快，而且精神充沛，一躍而起，準備應付新的一天。

這也是前所未有之事，往日，每天早上，像大多數都市人一樣，圓周都賴床，不願起身，嘴裏喃喃抱怨：又是沉悶一日，又幹辛勞工作，不知多久沒有放假，有假也不知往何處，可否一眠不起……苦水連篇，但不是今日。

力高也語氣輕鬆，「各位早，有什麼打算？」

大拓比較沉着，「主人家呢？小的呢？」

是，小的去了何處？

圓周想：我的天，他已失救，少女把他拖出屋外安葬。

力高出門叫：「小的，小的！」

「這裏，我在淋浴。」

馬廄旁是浴室，柴火堆上大鍋正熱氣騰騰燒開水，少女把冷熱水注入噴壺對開，遞給小的，小的在屏風內沖身。
他高興地說：「等一下輪到你們。」
少女轉過頭來，臉容在朝陽下顯得晶瑩似玉，她笑靨如花，朝各人點頭，他們看得呆住，這不折不扣是一個小仙子。
三人跟隨她到農場，她拾起雞蛋，又餵群雞，把蛋拿給圓周看，圓周說：「呀，還熱乎乎呢」，她隨即坐小櫈上教圓周擠羊奶，忽然，一隻小豬跑出來，力高不由自主忙追，竟然沒捉到，嘻哈笑，腳一滑，摔倒，不沖身也不行。
大拓在一旁也忍不住露出微笑。
少女招手，示意他們吃早餐。
圓周說：「我先用衛生間。」
小的換了衣衫出來，雙目恢復神采，大拓放下心，把他借用的襯衫袖子捲起看傷口，輕輕解除紗布，看到手臂紅腫皮膚，呎許長××××縫線，小的郁動手臂，這樣說：「還有點炙痛。」

大拓沉着說：「她救你一命。」

「她是古方神醫。」

「可有問她姓名？」

「她一直沒有說話。」

大拓仰看天空，救援還沒有到。

他們三人輪流淋浴梳洗吃早餐。

少女招呼甚是妥善，每個人都有乾淨舊衣物替換。

換下的髒衣，由力高與圓周合作，先用沸水煮一會，再到屋後山澗沖洗。

力高忽然說：「世外桃源。」

「看，這邊是私人菜田，小溪有游魚。」

「你說，現代人的煩惱，是否因為擁有太多生活太方便？」

「我回到家，第一件事便是開啟虛幻電腦——」

大拓站他們身後，「可是不想回去了？」

力高轉身，「我們三人都是光棍，除出你，大拓，你有妻有兒。」

圓周咕噥：「這上下他們不知焦急到什麼地步。」

大拓沉默不語。

力高說：「奇怪，今晨我竟不大擔心是否回得去。」

「公園有多大，三百公頃左右，一定找得到。」

「這少女，不知何故流落在此，孑然一人，頗淒涼，可否把她一起帶走？」

轉頭看見小的幫她繞毛線，似兩小無猜。

「全屋不見一本書，罕有。」

圓周感慨，「我們四人兩個博士、兩名碩士，不見得比她快樂。」

「大拓好文才，回去寫一本奇遇記。」

「我去幫手收割蔬菜。」

力高看到門鉸有損壞，要來工具箱，幫着修理，他發覺工具全是約百年前製成品，釘子逐枚由鐵匠手工所製，釘頭成小小方形。

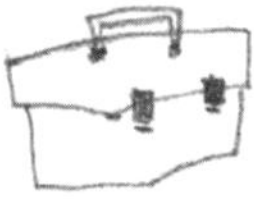

森莎拉

他們像走過時光隧道，回到太初，生活簡樸自在，與大地結成一片。

陽光把積雪漸漸融掉。

圓周與少女帶回魚獲與蔬菜，「本來還有兔肉，但主人家搖手說要放生。」

大拓看牢少女粉紅色臉龐。你是誰？你為何一個人流落這裏？多久了？可想念家人？可否說話？

少女轉頭，大拓連忙看往別處。

傍晚，力高說：「還剩一枚照明焰火。」

「今夜趁天空明朗放掉。」

「大拓，我們在何處？」

「我們在阿崗昆國家公園迷途。」

「但願如此。」

太陽下山，大拓站觀夕陽，那隻捲尾小豬忽然走近，被大拓一把抓住後腿提起，牠嘩嘩叫，大拓放下，笑想，有空非得與五歲兒子到農場探訪。

回到室內，小的與少女講故事，他用筆畫出他們四人介紹，少女聽得津津有味，他又把手錶手槍鎖匙徽章取出展覽。

力高走近，把他的雜物也放桌子供少女瀏覽。

大拓看一看他身外物，無甚出奇，有兒子存在他處的幾枚玻璃彈珠。

少女逐一審視，對手錶不感興趣，她一天知道兩次時間足夠：日出與日落。

看到彈珠，啊真漂亮，靈秀大眼亮起，看一看大拓，大拓連忙做一個「送你」的手勢。

少女仔細挑選，只取起一顆鮮紅色半透明彈子，珍若拱璧，收進口袋，歡喜得笑。

圓周不服氣，示意贈她金項鍊，少女只是搖頭。

那夜，大拓想念妻兒，做他這一行，真不該有家室，每天走出家門，不知是否可以回轉，家屬們都說，最怕一開門，站着兩個苦口苦面同僚報告惡耗……

大拓與力高放出最後一枚照明訊號。

兩人對望，做了那麼久兄弟，已知對方心意。

少女把曬乾衣物放回屋內，還給各人。

吃過豐富窩夫餅晚餐，他們漱口休息。

然後放鬆四肢，靜靜入睡。

明天，又是另外一天。

爐火已經熄滅。

半夜，大拓覺得有什麼在他臉頰摸索，他醒覺，這像他五歲兒小手，要不，是隻小老鼠。

他輕輕瞇眼，訝異，是那少女，解散鬈曲頭髮，大眼小臉全神貫注凝視大拓長出的鬍髭，好奇觸摸。

大拓忍不住微笑。

她吃驚，慌忙縮手。

大拓輕輕握住她手，再往他臉上放。

少女靦覥，不敢造次。

大拓忍不住輕輕吻她手背，肌膚柔軟微冷，象牙一般。

少女轉身離開。

大拓吁出一口氣，轉身，再也睡不着。

他們四人不自覺對可愛少女暗生情愫。

第二天一早，力高在屋外大叫大喊。

其餘三人奔出。

他們聽到直升飛機引擎聲，輕微，在頗遠之處，具節奏軋軋聲。

來了，終於來了。

「大拓，怎麼做？守候，還是向前走？」

小的說：「前邊地方比較空曠，前邊比較好。」

這時發覺少女把一匹工作馬自廄中牽出，牠拖着一輛大車，示意眾人上車。

他們應當問：「去何處？」但連最精明的圓周都一言不發上車，由少女牽韁，馬匹緩緩向前，似認得路。

少女一路準備糕點，他們不愁肚餓。

一走便是整個上午，離原來茅舍已經頗遠，回頭，只約莫看到一個點。

力高問：「會不會找不到我們？」

圓周坐在車頭，就在少女身邊，少女伸手一指。

他們看過去。

呵，煙霧間是都會熟悉的林立大廈剪影。

他們已到了公路邊緣，不用直升機，已可走回老家。

圓周喜極而泣，擁抱少女。

是說再見的時候了。

小的雙眼紅紅，不捨得，示意：「與我們一起出去好嗎？我會照顧你。」

少女微笑，搖頭，再指一指他們的城市。

力高與少女握手，大拓站不遠處一言不發。

少女跳上馬車，揮手道別，朝原路回轉。

這時，直升機低飛，有人用喇叭高聲問：「四位請向前走，五分鐘路程有特種部隊人員等候。」

力高茫然，「回家了。」

小的輕輕說：「我們寫完報告把事情了結後再來探訪她。」

大拓問：「你打算在報告中怎麼說？」

力高說：「當然據實。」

「你想想，他們會相信否。」

圓周一愣，「大拓，你的意思是——」

大拓沉聲答：「現在就得決定，說，還是不說。」

「大拓，我們是受嚴格訓練的紀律部隊人員，宣誓效忠社會及市民，我們只能實話實報。」

大拓點頭，「那麼好，四人都說實話，一同承擔後果。」

「何種後果。」

「既然已決定實報，不用顧慮。」

小的問：「可是因為沒抓到目標中連環殺手疑犯，上頭會責怪。」

這時，軍裝人員已經看到他們。

「站住，舉起雙手！是什麼人，報上姓名。」

力高揚聲說：「本市重案組幹探尹力高。」

「王的確」，「律圓周」，「組長林大拓，」出示警章。

對面的制服人員張大姐，一副不置信驚訝模樣，大聲說：「你們，是你們？」，一邊與總部通訊：「找到了，居然在今日找到他們，不，四人均存活，身體健康，無恙！」說着，喜極而泣，「快通知他們家人，不，不，是他們自身走出！」

接着，吉甫車與救護車全部駛抵。

他們被興奮同僚接上救護車，穿着生物服的護理人員急急為他們檢查身體，採取樣板。

力高不耐煩，「喂，手足，這是幹什麼？」

大拓按住他。

圓周沉聲問：「兄弟，今日是何月何日。」

「一月三十一日。」

圓周放心，正好是兩日，與他們走失日子吻合。

忽然傳來小的細微聲音：「何年？」

護理人員答：「二零一八年。」

力高臉色發青，四人當中數他最鈍，只有他不起疑心，一年，整整差了一年，他們在茅屋裏並非度過兩日兩夜，而是一年零兩日兩夜。

他雙腿發軟，如墮五里霧中。

護理人員說：「林組長，各位，真高興看到你們安全返來。」原先，都以為他們已經殉職。

大拓說：「我想見家人。」

「自然，大隊長。」他們都那麼叫他，「但上頭命令先到隔離所。」

力高怪叫：「你以為我們沾了病毒？」

護理人員不再言語，給他們穿上保護衣。

圓周啼笑皆非，多疑的地球人！

人家陌生少女毫不遲疑打開方便之門放四個陌生人進屋，叫得出名字多年的同僚卻視他們為天外來客。

大拓說得對，如何解釋？

他們四人交換眼色，大拓輕輕說：「保護她。」

力高小的點頭。

他們被收進隔離所。

一人一間房間，同事不能見面。

室內放大量讀本，大拓想，小的應該最開心。

電視節目有各種特別體育節目，力高必然喃喃咒罵：「事隔整一年，這達拉斯牛郎足球隊仍然不爭氣。」

圓周一定在打毛線，她欠每人一條圍巾。

而林大拓他也有事做。

他把茅舍以及周圍環境用電腦畫出，轉為立體，所有間隔，每一件傢具，每隻瓶罐，都在他腦內，一件不漏畫出，添上顏色，十足西方古裝電影中農莊。

第三日，這是確實的時間第三日，護理員微笑敲玻璃牆，大拓抬頭，啊，他歡欣，是他妻子，身邊一個男孩，比他的兒子高許多，這莫非——「父親」孩子的聲音有若干猶疑。

他不大記得他，這一年，對孩子來講，天長地久。

他叫他們：「怡和、文華。」

小文華把手掌貼玻璃上，「爸，你回來了，我沒有一天不想念你。」

秀麗的妻子怡和默默流淚，大拓心如刀割。

他說：「約兩個星期後我可以回家，歡迎我否？」

三人情緒激動，勉強相互慰問。

林怡和說：「今天到此為止，我們明天再來。」

文華敲打玻璃，「父親快些回家。」

做這一行的人統共不應有家室。

翌日，來探訪的是行動組副署長莊生女士。

莊女士容貌標致，多次任警方招聘代言人，她在不碎玻璃門外坐下，「大拓，真高興見到你。」

林大拓有點憔悴，仍然是標準俊男，他有種斯文沉實氣質，在眾多輕佻跋扈男性中，難能可貴。

「你好，莊女士。」

她開門見山，「大拓，發生什麼事？」

大拓只能這樣答：「我也不清楚。」

大拓知道在某處，裝置了測謊器，記錄查探他所說每句話。

「大拓，你們一隊四人，失蹤一年零兩日，在何處休息，吃什麼，怎樣生活，遇到何人何事，四把手槍，未發一彈，能否解釋？」

「我不能。」

「你們躲在什麼地方？可是被綁架、可是失憶，身不由己，流浪到別處，又忽然恢復神智？」

大拓不出聲。

「大拓，請你諒解，我們必須調查此事，地球上若有一股勢力，可以叫我方重要紀律部隊人員無故失蹤，這是很可怕的事。」

「我明白。」

「大拓，請與我們合作。」

「我實在不知為什麼我們在公園裏睡着兩夜走出已是一年多。」

「大拓，你們不在公園範圍，一年來每一寸土地我們已經尋遍，每一坑每一谷，都用無人飛機拍攝，國家公園因禍得福，此刻擁有全套最詳盡立體地圖。」

「我們沒有離開過公園。」

「大拓，在極度困苦環境中，人類會產生幻聽幻覺。」

「莊，讓我回家。」

莊女士嘆口氣，「快了，你多休息。」

「莊，麻煩你，我想吃鮭魚薯茸湯。」

「什麼？」

大拓抬起頭，濃眉緊簇。

莊女士有點難過。

她的上司在門外迎上，「怎樣。」

「林大拓並無謊言，但是，明顯隱瞞一些事實沒有透露。」

「你是推理專家，你說一說。」

「他們四人，遇到非常奇怪的事，他們情緒波動，不適宜即時歸隊，必須休息一段日子，要作心理評估。」

「說得相當實在。」

「他們停職留薪已達一年，不妨再延長一年。」

「我會考慮。」

「對林大拓來講，從新適應更加困難，他有妻兒。」

「部隊實在不願失去如此精練幹探。」

莊女士不出聲。

「其餘三人反應如何。」

「一有結果，即時上報。」

力高在隔離房內舉重健身，一身漂亮肌肉，惹人注目，見到莊女士，連忙穿上汗衫。

他對所有問題，都回答不知道，並且抱怨救援來得遲，對訊號槍反應慢，兩車無故相撞，滾落山坡，靠他們掙扎自行爬出。

莊女士出示照片，兩部車子，在山坑裏，扭作一團，到此刻看，力高仍然詫異，為何他們得以活命。

他真的不知道。

莊女士這樣説：「你們像全體經過洗腦一樣。」

輪到小的，看到他在素描人像。

莊女士微笑，畫中人就是畫中人，那是一個美麗得不現實少女，當然小臉大眼長鬈髮，是少年夢裏情人模樣。

莊女士知道王的確是個不長大的老少年。

「小的，誰替你護理可怕傷口？」

「律圓周。」

「好，我會問她。」

小的不再出聲。

「畫中人是誰，你女朋友？」

不答。

「小的，人人都知你有攝影機記憶，過目不忘。」

「我天生如此。」

「告訴我，發生什麼事。」

「我們兜截疑兇，駛入公園入口，忽然不見疑車，對頭駛來大拓與力高，圓周煞車，終於兩車相撞，我傷得最重。」

「圓周替你縫針。」

「她一向帶着百寶箱。」

「就這樣，一年過去。」

「對我們來說，只有兩天。」

「為何有如此巨大時光差異。」

「我們更想知道。」

「你可有聽說過『山中方一日，世上已千年』。」

「幸好尚未千年，否則，親友全部辭世，回來也沒有意思。」

「小的，以後有何打算？」

「我也正想表態，莊女士，我會辭職，找一份教職，好好安頓下來，娶妻生子。」

「啊。」

「莊女士，我總算明白了，人生在世，最要緊是清風明月、一簞食、一瓢飲，自由自在，與最親愛的人過這短暫一生，任何功名利祿，都不值得拚命爭取。」

「聰敏的王的確為何頓悟？」

「這一年去了何處已無法追究，我不想將來問自己：『這十年／廿年／三十年去了何處』。」

「小的！」

他微笑，「請介紹適齡美貌女子。」

莊生怔半晌，她這十多年都獻給工作，埋頭苦幹，升至高位，她未婚，也很少回娘家，她失落的歡樂時光，肯定比一年要多。

「但，」她說：「這不是我們效力社會的職責嗎？」

王的確回答：「莊女士，我不覺得我們走失一年，警方有何損失，我且肯定，那名疑犯，已經正法。」

「同事們在不遠之處逮捕他，短暫槍戰，他被擊斃。」

王的確說：「各人頭上一爿天，過頭三尺有神明。」

莊女士恍然若失，「你悟道了。」

「我一直奇怪：我們來這世上幹什麼，今日我知道：是為着開心，不想做的事絕對不去做，我打算生育三四個孩子，跟前總有一個剛學會走路小傢伙，咯咯笑，舞動短胖小手臂跌跌撞撞奔跑。」

莊生完全呆住。

她一無所獲。

上司問她：「莊生你可是受他們影響，為何垂頭喪氣？」

「看得出來？」她搓揉面頰。

「莊生，我們人手短缺，不可能長期專注調查這件事，你看着辦。」

「明白。」

輪到圓周，女性對女性，說話方便。

莊生說：「我不知你縫紉工夫那麼妥當。」

圓周卻說：「幾時可以離開隔離所，我要做頭髮、上顏色與按摩。」

她臉上許多小傷口已經結痂落下，有細微疤痕。

「你瘦了些，可是吃得不好？」

「我們夠營養。」

「口口聲聲『我們』，你們好似四位一體。」

「可不是，要不是齊心合力，如何走得出來。」

「警方仍然需要你。」

圓周說：「這件事之前，我已考慮重新回校進修，我打算修讀醫科。」

「你們到底看到什麼，致突然心變。」

「做一個有用的人。」

「律圓周，你原本就是一個有用的人。」

「警方人才濟濟，一定有更能幹的年輕人補上，我想到真正有需要的地方。」

「無國界醫生。」

「你知道微笑行動義務醫生群，他們是天使。」

莊生只好這樣說：「圓周，如果你想說話，隨時找我，無論日夜。」

她派手下到著名餐館要求特別烹飪鮭魚薯茸湯。

大拓嚐過，卻說：「不是這味道。」

「我再幫你找。」

「不用了，謝謝你莊女士。」

「大師傅說，這並不是一味正規餐湯，也許，怡和可以做得更好。」

那天莊生下班，在門口看到有人迎上。

「怡和，是你，有何吩咐？」

林怡和忽然流淚。

「怡和，什麼事？有話可以直說，我倆商量計議。」

她們坐到一輛警車內。

「莊生，請幫個忙，代我告訴大拓，我不再愛他，我要申請離婚。」

晴天霹靂，莊生呆住，「怡和，這是他最需要你的時候！」

怡和雙手掩面，「我不能繼續下去，恕我懦弱無能自私，三年前他已答允我轉任文職，一直拖延，他長時間工作，我與文華母子被孤立，回到家中，他情緒被血腥罪案拖累，少露笑容，所有節日，包括生日、結婚紀念日、聖誕、過年，他都不在身邊，母子像兩件傢具。」

莊生默默聆聽。

「他失蹤一年，家人對我說：大拓恐怕是不會回來了，我與大學校友重逢，他處處關懷，又會逗我開心，他不刻意討文華開心，但天知文華與我一般寂寞，就在大拓生還消息傳來前一天，他向我求婚，我答應了他。」

莊生手足冰冷。

「莊生，請你向大拓說明——」

「不，」莊生拒絕，「你自己說，我並非道德塔里班，但你實在叫我失望，你怎可落井下石。」

怡和這時知道她虧欠林大拓，雙手顫抖。

莊生自歸自下車。

她氣得喘氣，可憐的林大拓。

局裏著名品學優的美男子，女同事見到他又敬又愛，打心底笑出來，神槍手，頭腦精密，破案率達百分之八十九……

怡和配不上他。

廿一天很快過去。

心理學家如此評估：四人暫時失憶由巨大衝擊造成，可能慢慢記起，可能永久，工作能力需要日後才能決定。

但四人不約而同遞上辭職信。

局長拒收，「半年後決定，信在我抽屜裏，你們隨時收回。」

離開隔離所之前，四人緊緊握手。

「幾時再見面。」

「一年後，在友誼酒館。」

「假使友誼酒館已經拆卸呢。」

「在廢墟門口等，下午五時，不見不散。」

「可否通電話？」

「說什麼好？我們已經無話可說，心靈相通，毋須言辭。」

他們分道揚鑣。

怡和並沒有接大拓。

回到家，按鈴，岳母來開門。

「大拓，真的想念你。」

玄關擱着兩隻大行李篋。

岳母說：「文華在我家，我會照顧他。」

怡和緩緩走出。

「大拓。」她戰慄緊張。

大拓鎮定地說：「我已知道。」

「莊生對你說了？」

「我自己猜到。」

岳母說：「我在客房休息。」

她是怕女婿接受不了一時衝動會傷害女兒。

大拓說：「可有冰凍啤酒？」

森莎拉

「有你喜歡的青島。」

怡和輕輕坐在他對面。

大拓喝盡兩支啤酒，才能開口：「他對你可好。」

「非常體貼。」

「對文華呢？」

「情同父子。」

「祝你前途光明幸福。」

「大拓。」

「不必多言。」

兩人是大學同學，在一起前後十年，眾人眼中，是最標準年輕愛侶，沒想到今日，像百分之五十二夫妻一般，落得如此下場。

他看着妻子，她臉容憔悴，已經換上外出服飾，手袋就在身邊，早已計劃好了，攤牌，離開，如此經不起考驗，也許是他的錯，為何要試煉女子？他忽然不在乎，沒有想像中氣忿、屈辱、悲哀，他竟接受事實。

他似不大認識眼前這女子，彼時的怡和，已不是今日怡和。

「大拓，這間屋子留給你，我除出私人衣物，沒有帶走任何東西，我申請文華歸我撫養，大拓，廿四小時通知，你可以隨時探訪——」

她說不下去，哭出聲。

岳母走出，「怡和，別哭，大拓已接受此事，他肚裏可以撐船，不予計較，我們讓他休息。」

她把女兒拉起身。

大拓也站起送她們。

岳母急步走出家門。

是，這女婿佩槍，叫她害怕。

林大拓輕輕關上門。

就這樣，他又變成獨身漢。

他四周巡視環境，小小住宅，三房兩廳，還有一個遊戲室，收拾乾淨，待他一人居住。

小文華的東西一件不剩，連小床都已拆走，衣物玩具全部搬掉，這孩子，假以時日，會完全淡忘他。

只有他的書桌，一切如舊，鋼筆套子沒戴上，任由打橫放筆記本側，上邊寫着「文華五歲生日」。

他用手揉臉，呆呆看着日曆。

他走到浴室，淋浴、洗頭，找不到慣用藥皂，只用怡和的茉莉香皂。

那男子，曾在此睡覺淋浴否。

不要小器，岳母說他器量大，肚內可以撐船。

怡和以為他不回來了，見異思遷，沉着的林大拓掩着臉，終於哭泣，英雄流血不流淚，只因未到傷心處。

他裹着毛巾蹣跚走出浴室，再取啤酒喝，聽到電話響，是局裏找他，連忙坐下，清清喉嚨。
「大拓，我是莊生，你還好嗎？」
大拓應一聲，「正準備休息。」
「大拓，怡和託我說話——」
「我都知道，她已帶着文華離家，莊生，我極之疲倦，我們改天再談。」
未待莊生回答，已經掛線。
他走到臥室，倒在床上，他睡着了。
夢中聽見嬰兒啼哭，餵奶，快起，文華肚子餓，小東西才六磅重，經不起捱，快起，他跌跌撞撞跳起來，咚一聲撞到門上，痛得大叫。
這才知道是門鈴響。
連忙套上外衣開門。
「莊生！你來幹什麼？」
「我陪你。」

「我不需要。」

莊生推開大拓，「你難道拒我門外。」

大拓看一看天色，太陽隱微，自雲層透出，「你上班時間到了。」

「今天我告假。」

她帶着食材，走進廚房，不管三七廿一，做起廚娘，三兩下手勢，蓋上鍋蓋，「廿分鐘後有得吃」，如此爽利。

大拓搓搓臉，「不愧是署長。」

「尚未升正。」

「勞駕你了，是什麼菜？」

「鮭魚湯，我自作主張，添上迷迭香。」

「你還記得我想吃這個。」

「當然記得。」

「做同事做到你這樣，也真難得。」

「大隊長，不止同事，我一向愛慕你。」

大拓攤手，「那是當年的林大拓。」

「大拓就是大拓，不管當年還是今日。」

莊生趨向前，雙手撫摸他雙腮，忽然鼻子紅起，「我心痛你。」

大拓微笑，「這種時刻誘惑我，不是趁火打劫嗎？」

莊生被他引得笑出聲。

她勺出淡湯，「如何？」

「極之美味的署長湯。」

「是因為想念怡和才要喝這味家常湯吧。」

「不。」

「什麼，還有別的女性？林大拓，今日我對你刮目相看，說來聽聽。」

大拓本來心情沉重，被活潑莊生帶動，不禁微笑。

她按着他手，「大拓，你笑起來最漂亮。」

他牙齒並不太整齊，沒有酒窩，眼睛不彎，但笑容明亮。

「大拓，不要辭職。」

「莊生，一年前那件案子如何結束，說一說。」

「鐵證如山，在疑兇住宅搜出無數證物，他起碼殺害四名女子，但是始終找不到遺體，叫警方耿耿於懷。」

「我記得還有一名女疑犯。」

「該犯在一間小客棧自殺身亡。」

「一地死者。」

「你們四人存活已經很好。」

「叫你擔心了。」

「我足足七個月寢食不安，大拓，之後，心理醫生給我處方藥物，真是仙丹。」

「仍是最美麗的署長。」

「未得你青睞。」

「莊生，你叫我汗顏。」

「大拓，局裏有資料、部署、研究文書工作，你一定勝任。」

大拓不出聲。

「那麼，到某間大銀行做保安主任。」

大拓微笑，「怎麼忽然管我。」

「怕你時間太多，胡思亂想。」

大拓說：「這樣吧，推薦我擔任首長私人護衛。」

莊生說：「你讀法律出身，你可任教職。」

大拓這樣答：「你可以去上班了。」

莊生嘆口氣，「明天見。」

莊生清理碗碟後才走。

叫署長洗碗，真是罪過，女人就如此，喜歡，什麼都可以，不喜歡，死也不願。

的確需要工作排解無窮無盡的時間。

另外三人不知可安好，他們一定比他更早適應舊生活，小的才廿三歲，根本還算少年人。

莊生帶來好訊息：「大拓，王的確已找到教職，他將在城市大學教授罪犯心理，明年初開課，此刻已經滿額。」

大拓猜得不錯。

「力高與朋友合股開設健身院，我是股東之一，我會向他討教如何一腳撐開大門。」

大拓微笑。

「倒是圓周，出乎意料，她忽然決定結婚。」

「你自何處打探得這許多消息！」

「別忘記，我是副署長。」

「圓周本來想讀書。」

「她發覺兩件事可以並排進行。」

「他們的確是人才。」

「是呀，大拓，同事都已脫胎換骨，再世為人，你也要振作。」

林大拓震動，再世為人，他怎麼沒想到。

「還有，大拓，怡和說你推完又推，不願到律師處簽署，今日已是第三次約你。」

「我這就更衣前往。」

「這才是好漢。」

莊生陪他，或是押他。

一路他沉默，莊生給他資料：「那位先生是一名機械工程師，研究橋樑結構，他是正人君子，今日會在場，你稱他陸先生即可。」

大拓不出聲。

森莎拉

憑什麼她以為他還活着。

兩車相撞之際，他已經死亡，同伴合力將他拖出，連他自己也不察覺，他只是一具陰靈，努力每天穿衣吃飯，混在眾人之中。

不料被莊生一言提醒。

到達律師行，怡和一見他，如釋重負，她身邊站着一個紮壯方臉年輕男子，年紀看上比怡和小一點。

文華也在，看到他奔近，「父親。」

大拓蹲下，緊緊擁抱，臉埋在小兒子肩上。

他在文件簽署。

怡和像中彩券一般高興。

這一切，都看在莊生冷而慧的雙眼中。

那陸先生忽然開口：「林兄，你好，呃，怡和的意思是，對，由我領養文華，你意下如何？」

莊生一聽，怒不可遏，斥罵：「你想索命！」

她忽然揮出拳頭，結結棍棍一記左勾拳，擊中陸某左頰。

陸某倒地。

眾人驚叫：「召警，召警。」

莊生出示警章，「我就是警員，有話對我說。」

連大拓都看得呆住。

莊生對他說：「我們走。」

陸某掩着臉：「我投訴警方濫用暴力！」

莊生已與大拓走出律師辦公室。

她氣得臉頰通紅，「那件事，無論如何不可答允，林文華永遠是林文華。」

她轉身抱着大拓腰身，她代他心痛。

莊生見過女同事改嫁，子女自姓王改成奧馬拉，再嫁一次，改姓肯塔基，簡直胡鬧。

大拓始終一聲不響。

「你有空要多見文華，帶他郊遊釣魚，替他補習功課，明白否？」

但，他是一個死人，林大拓想，他如何勝任。

「大拓，允許我幫你。」

他又怎可蹉跎莊生寶貴時間，一個女子，只有短暫青春。

他每星期一下午與文華見面。

小小孩子十分明理，規規矩矩，客客氣氣，像他生父的知己，手拉手，一起參與活動。

大拓帶他到大學靜觀王的確教學，坐在後排，悄悄說：「文華，將來，你或許到此演講廳上課。」

小的胖了點，更顯得俊俏，給他一頂假髮，像足美女。

他的看家本領是記得全體學生姓名，以及他們功課寫過些什麼，學生們心服口服。

看了一會，父子一起吃冰淇淋。

小的自後追上，「大拓，大拓，為何不與我招呼？」

大拓轉過頭。

小的吃驚，大拓往日精光燦爛的眼神去了何處，他只餘昔日影子。

他衝口而出：「大拓，大丈夫何患無妻。」

大拓只說：「你呢，小的。」

小的笑，「我在追求一名同事。」

「小的，你懂得什麼叫追求？」

「大拓，向你請教。」

他與文華招呼，自口袋掏出百寶，其中一隻自製椏杈彈弓，文華喜歡，取過試玩。

大拓忽然想起那顆紅色彈珠。

他說：「小的，臂上傷口已完全痊癒？」

森莎拉

小的正吃雙球冰淇淋，聞言抬頭，「傷口？」

大拓說：「左臂上尺許長重創。」

小的捋起襯衫袖口，「我不明白你說什麼。」

大拓一看，怔住。

小的手臂皮膚雪白，何來傷口痕跡。

大拓握住他手臂，平滑如鏡，那道傷口連縫線，影蹤全無。

難道他記錯，連忙捲起另一隻袖子。

「大拓，你說的傷口有多大。」

「自這裏到這裏，看到骨頭。」

「大拓，你有醫務常識，那樣大傷口，足以失血至死，即使包紮，也會壞疽。」

大拓抬頭，「局裏有記錄。」

「這件事的檔案已密封，以免影響士氣，大拓，我們四人失憶，希望

來日可以恢復那一段思維，合著一書，此刻，還是擱下為上。」

大拓看着小的，他那雙彷彿可以看透過去未來的精靈閃亮雙目，此刻平平無奇。

大拓轉口，「你說得對。」

「大拓，見見舊友，閒話生活。」

「已訂一年之約。」

「一年是很長日子，屆時什麼都忘懷，沒有意思，我約他們下週如何。」

大拓答：「你們看着辦，我隨時有空。」

文華笑嘻嘻奔近。

小的說：「這孩子，同你長得一個印子，誰也搶不走。」

他們都安慰他。

大拓與文華在公園放一會風箏，才送他回家。

孩子不捨得他走。

怡和開門，把文華叫進屋子。

大拓迷茫：「那麼大的創傷都可以忘記，也許，活下去，就得那樣。」

小的講得好，再不見他們，也許連林大拓這個人都遺忘。

見面地點在圓周新居。

他們都攜眷參加。

看到莊生，有點意外，卻又歡喜。

圓周男友笑嘻嘻好脾氣，他是一名銀行職員，朝九晚五，比紀律人員更有紀律，是日，他負責燒烤食物。

力高女伴是性感女郎，長鬈髮糾纏不清，最奪目是身段，腰身只一握，豐胸，巨臀，長腿，世上真有得天獨厚的人。

小的那未婚妻遲到，門一開，大拓呆住。

少女身段纖細高眺，小臉只有手掌大小，精緻如洋娃娃，她長得同茅舍少女有七分相似。

小的與她形影不離。

大拓微笑，細胞有記憶，他更加肯定他們的確曾經流落茅屋，不，不是幻覺。

只他一個人仍然保留記憶。

「圓周，我與你說幾句話。」

圓周鬆口氣，「林大拓總算開口。」

大拓微笑。

莊生這樣說：「唯一比多嘴女人更可怕的是多嘴男人。」

力高在一旁哈哈一聲接上：「唯一比佩槍男子更厲害的是佩槍女子。」

圓周悄悄問大拓：「想說什麼？」

「茅屋裏的事，你記得多少？」

圓周大吃一驚，「你我曾在一間茅屋裏做過不尋常的事？」

大拓啼笑皆非。

已經太遲，圓周這一部份記憶，已經清洗。

她真幸運。

大拓用手捧住頭。

「大拓，心理醫生說你多次缺席。」

莊生走近，「你別煩他。」

「莊生，交給你了。」

力高說：「大拓，你此刻需要的不是腦力而是體力工作，到健身室擔任教練如何。」

「這是好主意。」

「大拓，不要繼續做閨秀。」

大拓輕輕問：「力高，你也不記得？」

力高莫名其妙，「你指哪件事？」

小的那女友忽然走近，蹲下，仰看大拓。「小的，大隊長一臉鬍髭」，語氣天真，語音清脆。

茅舍少女從未開口，這少女的聲音正好配她。

莊生問：「鬍髭怎樣？」

「可刺臉，生長時可痛或癢？哈哈哈。」笑靨如花，聲如銀鈴。

莊生不悅，大膽少女，公然調戲大隊長，唉，只好恕她童言無忌。

小的介紹她是錦瑟，富家女，在大學實驗室工作。

她一直站在林大拓身邊，似要研究他。

吃完燒烤，約定下下月。

莊生叮囑：「婚禮別忘記我們。」

誰知圓周閒閒說：「已經懷孕，註冊算數。」

大家驚喜不已。

她那位先生訕訕，說不出興奮。

在車上，莊生特別多話。

「真替那幾個同事開心，力高建議不錯，你需要運動。」

大拓不禁撫摸身上肌肉，半年不到，已鬆弛不堪。

「相幫各人運動，薪酬極高。」

大拓看着窗外。

莊生說：「看到他們新生活如此愉快，恐怕是做得正確，叫人羨慕。」

大拓這樣答：「最近有科學家研究如何把人類腦海中不愉快記憶逐件摘除。」

「也有科學家說，其實沒有過目不忘這件事。」

「記得七八成旁人已視作天才。」

「大拓，你欠我一個故事。」

大拓答：「如果忘記，不說也罷，過一兩年，仍在腦海，說給你知。」

「腦海，多麼好的名詞，可不就像浩蕩汪洋，容納無數秘密。」

大拓在家中用立體放射器把他繪下茅屋景象投射到空房，考古學家時時用這種逼真方式顯示古墓或洞穴內景，作進一步研究。

大拓時時走進那景象，一坐好些時候。

若干畫面投到他臉上，有點詭異。

他也走出與人間接觸。

力高的超級健身室有三間貴賓房，讓教練單對單指點各人訓練。

大拓分配到兩個客人，都表示非常有誠意健身強體。

一個是名歌星，天生漂亮身軀，只需維持保養。另一位，是銀行總裁，四十出頭，體重兩百三十磅，看不到脖子。

這就是眾生相。

大拓與客人一起練。

胖中年一邊做動作一邊喃喃：「我還有希望否」，「應當早些來」，「女友要求我減五十磅」……

大拓耐心教他簡單動作，像抬腿舉手，他已氣喘如牛，汗流浹背。

大拓猜他最多來三次。

歌星漂亮得不像話，最新式健身衣，助手跟在一旁侍候，遞毛巾送茶水。

他有一個標準姿勢：扭腰身七十五度，雙目斜視，如看身後人，顯出細腰身，大眼睛，以及略為訝異表情。

大拓覺得工作相當愉快。

力高在大堂教劇烈運動，姿態如奴隸主，不住大聲威脅吆喝。

就這樣，過了一個月，兩個客戶都沒有走。

胖子減去三磅，開心得不得了，一邊吃三層漢堡一邊說：「謝謝教練。」

營養師把他手中剩餘食物搶走。

力高說：「像校園生涯可是？」

大拓忽然說：「我想放棄探訪文華。」

力高吃驚：「不可。」

「那不過是一種虛偽姿勢。」

「虛偽是生活潤滑劑，況且，文華次次見你都十分高興，把他帶到這裏，讓他跳繩、攀石、跑步，你要有恆心。」

「看誰教訓誰。」

「這叫鼓勵。」

大拓苦笑。

力高伸手摸他臂肌，「你也紮壯得多。」

大拓旗下歌星看到，也不禁伸手。

力高阻止，「不准觸摸教練。」

歌星訕訕，「兩位當教練不覺大材小用。」

力高答：「你還不去跑步？」

歌星走開，力高說：「對你有意思。」

「誰？」

「莊生。」

「力高，我想與你到國家公園走一趟。」

「該處什麼也沒有，大拓，請你放下這念頭。」

「一個週末，兩天。」

他拒絕，「我要照顧業務。」

大拓無奈，「我明白。」

「帶莊生露營，趁機聯絡感情。」

「要你來教。」

那天傍晚，莊生替他準備露營帳幕、毯子、燈火，借來一輛大悍馬，「在車上睡，鎖上車門，可防野獸，國家公園內所有生物均受保護，遊人則自生自滅，這叫做文明。」

她又替他準備飲料食材。

大拓握住她的手，「像搬家一樣。」

「那麼，把管家婆也帶走。」

「莊，你何必委屈。」

「大拓，帶我一起，我也想放假。」

大拓心酸，這是一個何等心高氣傲，高自標置的女子，今日如此低聲下氣，豈是易事。

「我怕你辛苦。」

「別忘記昔日我與你一起在學堂接受訓練。」

大拓答：「好，與你一起。」

莊生綻出笑容。

出發那早上，她又多主意，「邀文華到野外，他必定高興。」

大拓本想勸阻，但也覺有趣，猶疑着不出聲。

莊生把車子駛到陸宅，由莊生前去按鈴。

怡和睡眼惺忪開門，莊生說明來意。

只聽得怡和說：「文華太小，不適宜郊外過夜，我不放心。」

莊生不想勉強，剛想退下，那陸先生出現，指着莊生，「又是你這惡婆娘，上次打人，不是怡和按住，我一早把你告到官裏去，你今日又來挑撥，毒婦，你想拐走文華，他與你沒有關係，快走！」

莊生反口：「文華與你又有什麼血統？」

鄰居聽見嘈吵聲，紛紛開門觀察。

「講好廿四小時通知，我會知會兒童法庭——」

聽到這裏，大拓下車，拉住莊生，不讓她再出聲。

他輕輕說：「對不起，打擾你們，是我造次。」

陸先生見他收篷，正覺詫異，文華已經跑出。

「父親，父親，不要走。」抱着哭。

怡和也忍不住流淚。

陸先生斥責：「看，搞得一家大哭小號，這也是我們的週末假期，被你毀掉。」

大拓哄文華一會，放下他，與莊生一起離去。

莊生沒聲價道歉：「是我這笨人出的餿主意，全是我錯。」她鼻子都紅了。

大拓把車駛走，「沒事沒事。」

在倒後鏡見文華追車，心如刀割。

嘴裏只是說：「我們去買咖啡。」

莊生內疚，一直沒再講話。

大拓與她胡扯：「那邊有棵大松樹，枝上有隻鳥，牠說『公冶長公冶長，山西有隻虎拖羊』……」

莊生看他一眼，「廢話。」

大拓笑。

莊生摸他腮，「笑時真漂亮。」

「有美相伴，不笑行嗎。」

莊生感喟，「你做得對，與其四個人不開心，不如一個人不開心。」

車子轉入國家公園私家路，人車漸多，天氣好，市民拖大帶小旅行，各式路牌地圖指示：營地、魚塘、小食、衛生間……

莊生問：「你有目的地？」

大拓迷茫，白天的公園與那天晚上完全不一樣，藍天白雲，處處人聲笑聲，警衛督導交通，派發紀念品。

事發後大拓還是第一次回來，他把車駛入該晚走的小路，十分鐘後，擺脱人群，他找到撞車現場，當然毫無跡象。

應該晚上來。

莊生看地圖，「前邊有一搭紮營處。」

把車駛近，起碼有十輛大露營車霸佔地盤，正在燒烤，小孩亂跑尖叫，大拓又不禁笑。

他們駛離地盤，大拓憑意識朝東駛。

二十分鐘後，看到橡樹群，一字擺開，風勁，樹枝往西方擺。

「我們在這裏休息。」

只得他們一輛車。

莊生知道違規，但不反對。

她把摺椅取出攤開，厚毛毯蓋身上，呼吸新鮮空氣，打開書閱讀。

大拓沿橡樹邊踱步，是這裏嗎，一點也不像，那晚下雪，月亮特別大出奇亮，照透雲層，指點他們走到茅屋。

他還記得力高怪叫：這不是地球的月亮！

莊生氣定神閒，任何與大拓在一起的地方都是好地方，難不倒她。

她取出爐子，煮咖啡，烤麵包，煎雞蛋。

有一對青年男女自不遠處走近，笑嘻嘻討吃。

大拓說：「請便。」

年輕人坐攏，「你們也是度蜜月。」

莊生笑笑回答：「我們結婚十週年。」

「嘩，厲害。」

大拓問：「你們打東邊來，可有見過這間茅屋？」出示圖樣。

年輕男女搖頭，「園內不准建造民居。」

他們吃得極多，莊生添三次咖啡。

飽了，他們說：「我們也希望十週年再來。」

莊生說：「祝你們幸福。」

「你們也是。」

他們往出口走去。

大拓取出電話，撥力高號碼，他說：「大拓，打鐵趁熱呵」，聲音清晰，求救的話，毫無問題。

他們再把車駛遠一點。

每隔一公里左右便有觀景點，魚塘有遊人飛線釣魚，十分優悠。

天色漸暗，莊生毫無怨言。

他們回到原先之處，大拓不願離開橡樹，在車廂內準備睡袋。

月亮升起，也是滿月，但着實是地球的月亮，每個隕石坑都一清二楚，不遠之處是明亮的金星。

莊生說：「你在尋找一間茅屋。」

「莊生，我欠你一個故事。」

莊生微笑，「可是預備說了。」

大拓說：「要待我講完，才准發問。」

莊生聚精會神。

大拓緩緩把那天晚上遭遇，講了出來。

他也不知為什麼，只是不說少女晚上在他身邊盤旋，研究他的面孔。

講完那兩天的事，月亮已轉移半空。

莊生越聽越奇，臉上充滿質疑神情。

四個人的經歷，只林大拓一個人記得，而且如此詳盡，把該少女舉手投足，形容得栩栩如生。

莊生盡量沉着，像聽故事一般，最忌駁嘴，她全盤接受。

到這個時候，她才發覺，她有多麼愛惜林大拓。

講完之後，大拓鬆口氣。

他攤攤手，「我胸中再也沒有秘密。」

「感激你對我傾訴。」

大拓指出，「開頭，他們有記憶，小的畫少女肖像，就是她。」

「不過，他們此刻已完全忘記，但，當初我查問你們，為什麼不坦白講出。」

「你會相信？」

「四個人一起舉證，説服力略有差別。」

「你同心理學家會認為是集體中毒，引起荒謬幻覺。」

「你們在樹林中可有摘食蘑菇中毒？」

「我們吃得很好。」

莊生微笑。

「對，鮭魚湯與窩夫餅。」

「你完全不相信吧。」

這時，莊生忽然凝視大拓身後，「別動。」

大拓知有異，他緩緩轉頭，看到不遠之處一隻碩大棕熊與兩隻幼熊金睛火眼那樣注視人類。

莊生說：「悄悄上車，把剩餘食物留給他們。」

兩人躡手躡腳上車，關上門。

棕熊走近，體積比想像中更加巨大。

「怎麼辦。」

「開車疾走。」

牠們只為食物，並不追上。

大拓駕駛車子，在步行三小時範圍慢駛一遍，一無所獲。

安全起見，他倆回到紮營區。

年輕人到哪裏都喝啤酒唱歌跳舞，可是大拓睡得不錯。

莊生注視他英俊五官，真不知在學堂受訓時為何沒有努力把他逮住。

略為遲疑，他已宣佈訂婚，莊生心裏不是滋味，足足整年不多話，接着，努力事業，轉眼十載。

這是她第二次機會，不能錯過。

她隔着睡袋緊緊抱住大拓。

大拓微醒，「喂，喂，副署長，控制你自己。」

「不！」

大拓也回抱她。

不過，天不造美，這時有人影在帳篷外揚聲，「兩位，可有菸草？」

莊生掀開布簾，出示警章，少男少女笑着奔開。

大拓說：「回家吧。」

他們收拾雜物。

莊生看着大拓，真正能幹的人從不覺得大材小用，做最低微的事都鄭重處理，大拓仔細摺疊帳篷，方便下一位使用。

莊生衝口而出，「這次一定要纏住你。」

大拓聽見，抬頭，「莊生，我已是殘花敗柳。」

「我願收貨。」

大拓輕輕說：「那麼，就結婚吧。」

莊生呆住，以為白走一趟，誰知柳暗花明。

她不假思索，「是，是。」

大拓把她緊緊摟懷中，這是他的芳草，他要珍惜。

與經濟獨立的莊生作伴，他不急於找工作。

與精神獨立的莊生作伴，他不必事事解釋。

他會把握意外的幸福。

林莊二人合併生活，最高興是力高他們。

「大家放下心頭大石。」

「你們愛惜他。」

「大拓是好隊長，永遠跑在大家前邊，有一次，若非穿着避彈衣——對，他情緒如何？」

「進步，但仍受困擾。」

「假以時日，可望完全康復。」

「力高，他已把茅舍奇遇告訴我。」

「什麼茅舍？」

莊生不出聲。

「健身院營業額極佳，小文華把這裏當室內安全遊樂場，莊生，我計劃開設槍會，你意下如何？」

「呵，這是熱門玩意。」

「我在籌備，試想，讓林大拓示範什麼叫做百發百中、百步穿楊，學徒們豈非傾倒。」

「接着，可申辦馬戲班。」

力高看牢莊生，「你只愛大拓，喂，我有何不妥。」

這時力高剃了個光榔頭，賣相更加勇猛，除出他那三圍強勁女友，沒人吃得消。

「婚禮高調抑或低調？」

莊生答：「就你們幾人觀禮就好。」

「這才是你們。」

莊生縱容大拓，「照圖樣搭一間茅屋，也不是難事。」

大拓答：「你會寵壞我。」

「心理醫生說，以毒攻毒勇敢面對也是一種療法。」

「謝了。」

兩人在報上刊登一段小啟事，然後登記結婚。

小的帶小女友觀禮，少女毫無禁忌走近林大拓，替他整理領帶，「我可不管你是否名主有花。」

莊生看見，也聽見，啼笑皆非，忍耐不發。

大拓撫摸少女頭髮，「過去坐好觀禮。」

圓周腹大便便，告訴大隊長：「是男胎，小哥叫大拓，大弟叫小的。」

大家都拍手稱好。

總算還有幾個曾經一起出生入死的好友。

儀式簡單端莊，兩人一起簽署成為夫婦。

這也是林大拓第二次登場，他自嘲熟能生巧。

圓周對力高說：「大拓有勇氣有擔待。」

「上次失敗，不是他的錯。」

「男人當然站男人立場。」

「你們女人相幫女人。」

「可有人知會林怡和？」

「莊生親自知會她，並且告訴她，林大拓一定會盡力爭取文華撫養權。」

圓周打一個突，「這莊生。」

「她替大拓不值。」

「莊生去得太盡，她自己生養的孩子姓林不就行了。」

「圓周，這是林家家事。」

「真複雜，太痛苦。」

小文華穿着小西服在人群裏跑來跑去，好不高興，又伏在圓周腹上聽心跳，這樣說，「是兩個弟弟在裏邊。」

禮成後大夥一起吃茶聊天。

怡和接返文華，卻沒有與大拓與莊生招呼。

圓周說：「吃點茶點。」

怡和丟下一句話，「我不是十三點。」

這時，少女出來張望，「啊，你是大隊長前妻，」口無遮攔，「你怎麼會自動放棄那樣好男子。」

怡和被她一說，悲從中來，抱起文華，轉頭便走。

圓周忍不住，「錦瑟，你再亂講話，以後聚會你不必到。」

少女不動氣，「你們才比我大幾歲，就已經忘記如何說真話，多可憐。」

她拉着小的離去。

圓周垂頭，美麗的少女有道理。

那天回到家，莊生抱怨比當更追賊還要累，自然，那是心實喜之。

一看大拓，已經盹着，而且打呼。

莊生緩緩除下耳環，對大拓來說，再也沒有新鮮事，將來再做父親，接到新生命，也已經歷過，她還能給他什麼。

她握住他的手，或許，與他相守下半生，直到頭髮禿、牙齒搖、互相扶着才能走路，才叫勝利。

她找家庭法律師商議。

律師勸說：「你聽過所羅門王智慧判嬰案嗎？」

「少廢話。」

「你們若愛文華，就不要騷擾他。」

「他愛他父親。」

「我知這件事導火線是那位魯莽繼父想領養文華，叫孩子姓陸。」

「他們唾棄大拓，當他已死。」

「孩子不幸成為磨心，莊生。」

「你不是教導所，你是律師。」

「那麼，我代你們發信。」

「勝數如何。」

「以你的江湖地位，莊生，我是指，大拓已經有一個正規家庭，收入環境優渥，不是沒有勝數，但官一向同情生母。」

「你有熟人。」

「你這四個字足以令我丟職。」

「你看着辦。」

「官也許會親自問文華選擇那一邊。」

「問就問。」

「為什麼一定要打官司？」

「汝等律師需要生計。」

傍晚，向大拓匯報：「這件事，一定要付出代價。」

大拓點頭。

「你贊成這麼做？」

「不錯。」

過幾日圓周特地找大拓。

大拓已知為何，「圓周，你身子不便，不必做中間人。」

「我也不想多事，怡和找我，哭個不停，她憔悴不堪，林怡和真能哭，叫我心煩意亂，影響胎氣。」

「我代為致歉。」

「大拓，算了吧。」

「不行，一個轉背，他們就替文華轉姓字。」

「怡和保證——」

「女子的誓言，嘿。」

「喂，莊生與我，以及令堂，全是女子。」

「圓周，你請回府好好休息，我等着做小哥與大弟的阿伯。」

圓周與他擁抱一下。

許是真的動了胎氣，隔天晚上，她就進醫院，剖腹產下孿生兒。

莊生說：「真偉大，整個下腹切開，好幾層肌膚子宮壁——」

「嬰兒出來了。」

護育箱推出。

大家彎腰探身查看，「唷，一個印子兩名美男子，哈哈哈哈哈，這是你們人生第一天。」

大拓感慨良多，文華出生，他喜極而泣，發誓保護愛惜他，像一切誓言，消逝無蹤。

孿生兒突然見到強光，受嘈音侵襲，又得自行呼吸，委屈之極，放聲大哭。

「這是小的，那是大拓」，把人家生父擠到一邊，議論紛紛。

「要送賀禮，現款如何？」

「不妥，混在其餘鈔票裏，一下不見。」

「那麼，置金飾，我去選金鎖片。」

「多俗氣，從長計議。」

回到家，累的不得了。

大拓與莊生擠在沙發，「不如贈獎學金。」

大拓說：「嬰兒真可愛，不管將來有無出息，一樣愛惜。」

莊生問：「你最早可以記憶到幾時？」

大拓答：「我憑照片記憶，看到自己一歲多，蹣跚走向攝影機。」

「你家境如何。」

「十分普通，衣着與教育都拉扯，第一次看到同學穿新衣，十分訝異：小孩怎麼有新衫，我身上全是兄姐舊衣。」

「他們呢？」

「全部戰勝出身，移民外國，美加澳都有，大姐在荷蘭，自家爭氣。」

莊生說：「我對童年也沒有太多記憶，有捱打，有被老師罰站課室門外。」

「什麼，我以為你是標準女兒、學生、警察。」

「可有失望。」

「為何罰站？」

「弟弟拿去一元買零食，母親一口認定我是小偷，到學校揪我出去，大聲罵：『我知那一元一時還未用光，快把剩餘錢還我』，逼我站課室門外，全校小學生都知道此事。」

「啊。」

「清楚真相後，她警告：『此事不許告知你父』。」

「莊生，記性不要太好。」

「你說得對。」

「說些開心事，你喜歡男嬰抑或女嬰？」

莊生答：「男孩容易帶：給一隻球穿上短褲便可玩一日。」

「女孩可愛馴服。」

「你別做夢了。」

兩人笑作一團。

這些日子，林大拓過得還算愜意。

接着，官司展開。

林方律師做得非常周全：文華九月上小學，已替他在最優秀名校報名，並且獲得錄取，未來十二年無憂，他有一個教育儲蓄戶口，存款足夠多讀十年大學，生父與繼母尚未生育，他是獨子，表面證供，林家比陸家優秀。

尤其是律師，一上堂，微笑問：「法官榮譽閣下，請問往南法度假可愉快」，可見她倆是熟人。

雙方陳詞結束，女官並無傳召文華作證，隔一個星期候判。

陸氏在法庭外指着莊生痛斥：「這件事由你手策劃，我知你歹毒無比，你記住，過頭三尺有神明。」

莊生不語，他鬧得越慌越亂，雙方律師都看在眼內。

莊生申請警方禁制令，限陸氏不得接近她與大拓。

對莊生來說，沒有息事寧人這回事。

這次小的上門勸架。

「聽說鬧得很僵。」

「小女友呢。」

「隨大學團往南歐追蹤拜占庭文化。」

「少女有野性，要看緊點。」

小的笑，「那還有什麼滋味。」

莊生說：「你若失去少女，會如何反應？」

「拚命。」

「文華是大拓的至愛。」

「你倆遲早會有孩子，圓周此刻過着非人生活，兩夫妻整個星期睡不到四小時，雙生子白天像安琪兒，一到半夜三時，頭出角似哭個不停，鄰居都煩膩，你們生養後也會那樣，屆時，文華不那麼重要。」

「謬論。」

小的沮喪，「我原不擅論理。」

「誰叫你來做說客。」

「怡和女士。」

「告訴她，她可以隨時探訪，廿四小時通知，只是，不能過夜，你可以回去了，小的。」

小的退出，力高又來。

莊生說：「不許開口。」

「莊，我不知你是惡妻，我特來請大拓主持槍會導彈學課程。」

「槍會竟辦得七七八八了。」

「會員名額幾乎屆滿，事事順利。」

「你有幹勁，力高。」

「運氣好，事半功倍，得心應手。」

莊生吁出一口氣。

力高知她有感慨，「莊生，大拓不過一時失意。」

「他不願放下過去沉重死包袱。」

力高答：「大拓已經有笑容。」

「你說得對，我還需努力。」

力高提起，「聽說局裏又破幾件大案，叫人振奮。」

「同僚們的血汗。」

「大拓可有問起你工作情況。」

「我從不把案件帶回家，他是行家，從不過問。」

「未來一段日子，我會幫大拓消磨時間。」

「謝謝你。」

「文華到健身室心情雀躍，他告訴我：陸氏夫婦沒有對話，氣氛僵苦，他盼望開學，過新生活。」

「這孩子。」

「星期六我們去觀看飛行比賽，你可要一起。」

「我有其他事，你們玩得高興點。」

早知林怡和會找上門，莊生情願不在家。

她打開門，這樣說：「我是案中證人，雖非刑事，你我也不宜見面說話。」

她不開門，不讓怡和進屋。

「你有槍，你怕什麼。」

莊生哪裏會吃激將法。

「你不與我對話，我不離開。」

莊生忍不住問：「你我無話可說。」

「不要與我爭文華。」

「文華不是我兒，你應找林大拓對質。」

「莊生，你別自恃高官厚職，我會找小報與週刊記者對付你。」

莊生吃驚，「怡和，你竟淪落到這種地步。」

「你搶我親兒！」

莊生不願多話，關上門，知會警方。

稍後，兩名制服人員前來，帶走林怡和。

大拓回家，知悉此事，不禁問：「她究竟要怎樣？」

「所有對她個人有利的事物。」

「我所認識的林怡和不是這樣的人。」

「當初她太大方，為着盡速撇下你，放棄贍養費，我得到消息，陸氏最近失業，環境拮据。」

「那麼，把文華交還我撫養，豈非省事。」

「開頭是與虎謀皮，此刻是騎虎難下。」

「四個人的生活都叫這件事消耗得寢食難安，莊生，對不起。」

「我心甘情願。」

「力高邀我獨當一面主持槍會，我缺乏生意頭腦，同時又收到局長來信，邀我歸隊。」

「可有升級。」

「仍是大隊長，訓練新人，不必上陣。」

「那是上佳選擇。」

「我需出示局裏心理醫生評估書。」

「我樂意看到你振作。」

有這樣的知己，大拓午夜夢迴，思念的卻是另外一個人。

或者說，是另外一種感覺。

好幾次，他都覺察一隻小小的手極之輕悄地正撫摸他面孔，有點鬼祟，出奇可愛，他約莫知道那是誰，卻不敢睜眼，怕她會消失無蹤。

下午，文華的老師有電話給林大拓。

「放學時間已過整個小時，未有家長接林文華。」

「我馬上來。」

大拓丟下工作，趕往學校。

文華看到他，緊緊抱住，默默流淚。

大拓說：「不怕，不怕，父親在這裏。」

他讓文華上車，這時，看到前妻披頭散髮趕到。

大拓對她說：「你身上滿是酒氣，這幾天由我照料文華。」

「你乘人之危，我獨自照顧文華快七年，一次差錯，你就抓住不放。」

「今日無論如何，我不會把文華交還你，待你酒醒再說。」

怡和對文華說：「跟媽媽回家。」

文華別轉面孔。

林大拓上車，接走文華。

回到健身室，先讓文華喝熱可可及他喜歡的雞肉三文治，讓他在經理室休息一會，力高教他走繩索，到底是孩子，很快恢復精神。

圓周聞訊帶着嬰兒匯合，文華高興，「弟弟來了」，相幫餵奶。

沒有人提到怡和，圓周細心，叫小的探訪。

小的敲門許久，怡和才啟門。

小的說：「給你帶生蒸饅頭，圓周記得你喜這個。」

怡和臉色鎮定，「謝謝你，小的。」

從前大拓下班，一定買一打回家給她做點心。

「請放心，文華很妥當。」

「孩子冷酷現實，哪邊熱鬧靠哪邊。」

「不可與小兒計較。」

「小的，你說得對，七歲孩子懂什麼。」

「怡和，凡事待官判，你不要激動生氣。」

「現在，家裏只我一人，我已失去一切。」

「陸先生呢？」

「他即使回來，也無對話，兩個一開口，就咬到對方，不如靜默。」

「他算得體貼。」

「不然，早就走了，只怪我看不開。」

「官無論怎樣判決，希望你接受結果。」

「將來你結婚，小的，撥時間陪妻兒。」

「明白。」

她取出一瓶伏特加，斟在小杯裏喝。

「怡和，你幾時開始喝酒。」

「可紓緩苦楚，我心絞痛不妥，無法抑止，我想盡辦法，也不能克服，但酒一進喉頭，每根肌肉放鬆，我不是不想振作，只是不知如何辦。」

小的惻然。

「小的，你好走了，阿陸他怕要回轉。」

「怡和，有事找我，不論日夜。」

怡和默默送走小的。

稍後小的告訴圓周：「從前，怡和把家裏打理得一塵不染，今日是不一樣了，到處是吃剩的飯盒子，髒衣服、雜物，空氣不流通，有股霉味。」

力高說：「我找個雜工幫她忙。」

「人要自家爭氣，旁人幫得一朝，幫不得千日。」

「與怡和相處那麼久，到今日才發覺她手無縛雞之力，她一直沒有工作。」

到底是別人家的事，轉頭也就擱下。

林大拓把孩子帶回家中。

晚餐沐浴更衣已經花好些時候，臨睡才發覺要寫功課，手忙腳亂，到十一時多才辦妥，大拓莊生二人才睡下，文華忽然把他們叫醒：「床濕了，對不起」，莊生不得不起身收拾，呵，帶大一個孩子不易，身為後母更加艱難，若林大拓贏得文華撫養權，這小兒便會跟隨她一輩子，她準備好了嗎？

大拓也起床，「對不起，明早要上班，你去休息，我接手。」

大拓那晚陪兒子在客房睡一夜。

第二早，替他準備書包，招呼沒打父子就出門。

莊生想，還是新婚呢。

那天下班，看到大拓七手八腳做三文治，莊生本身也不擅烹飪，只隨他去。

父子有講有笑。

廚房似打過仗。

莊生也不諳收拾，她電召家務助理速來幫忙。

傍晚，怡和在門口一定要把文華接回。

莊生領出孩子，他老大不願意走到母親身邊。

大拓站在遠處不出聲。

怡和載着兒子離去。

莊生無言，這時無論說什麼均不適當。

大拓說：「過兩日便可聽判決。」

莊生工作極忙，時間兩邊分攤造成困難，她盡量遷就，結果那日，她忽忽趕

到法庭，大拓轉頭，明顯不悅，怪她遲到。

莊生首次覺得他們父子是死擔，壓在她雙肩不知要待幾時，而且，永遠不會感激。

她走向前排，剛想坐下，電光石火之間，有人朝她撲上。

怡和，是怡和。

大拓比她靈活，莊生轉身做出抵抗，大拓已張開雙臂擋在她身前，法庭中眾人嘩然，庭警趕上，分開三人。

莊生看到林怡和被警員反剪雙手，一把尖刀落地，血，刀上有血。

受過訓練的她連忙注意自身，沒有傷口，這時，站在她身邊的大拓緩緩跪倒。

前後不過幾秒鐘，已有人知會救護人員。

莊生一聲不響，輕輕扶起大拓。

這一刻，彷彿電影慢鏡，她聽不到任何聲響，只看到大拓胸前一個裂口，汩汩流血。

她想，一定傷及哪根大動脈。

她脱下外套，按住傷口。

救護人員趕到，叫她讓開急救，莊生冷靜出示警徽，別在胸前，跟着大拓的擔架。

才走出法庭，所有雜聲又回轉，庭裏庭外，擠滿慌張害怕人群，莊生留意大拓嘴唇，看他可有發聲。

沒有，大拓已無知覺。

莊生跟救護車，擔架推入急症室，好幾個護理人員連醫生奔進，莊生坐在外邊，注視雙手血跡。

以往，親戚的孩子看到她，總會問：「莊姨，你佩槍，你會開槍？準嗎？可有殺過人？可有射中匪徒眉心？」

曾有一次，狙擊手槍殺站在她面前的疑兇，啪一響，濺得她一臉血。

為什麼會在創傷關頭想起這些無關重要的事？大拓的傷勢究竟如何？

醫生告訴她，傷者需即時做手術，她在文件簽署，忽然想起，下星期三正是結婚週年。

竟也一年了。

她呆木坐下。

有一隻手搭住她肩，以為是醫院輔導員，一看卻是力高，她好比大海茫茫中看到浮泡，力高大力擁抱，另外有人握住她手，那是小的，圓周也趕到。

他們擠着莊生坐下，給她溫暖，圓周見她一身血，連忙脫下外衣給她罩上。

四個人，坐在長櫈，一言不發。

不知等多久，只是沒有開口，偶爾可以聽到其他病人親屬哭泣、吵鬧，以及大聲問：「為什麼」的聲音，有輔導員勸家屬捐贈器官，被吃耳光。

圓周買回咖啡，莊生喝一口，忽然嘔吐，感覺似整隻胃被人用手翻轉掏口袋一般抖清。

看護警惕，着莊生臥床觀察。

另外三人面面相覷，商量策略。

「每人輪更六小時。」

力高說：「我與小的沒有家庭，我們可輪八個鐘頭。你，圓周，每次接更，請備一飯一菜。」

小的抗議：「湯呢？我想喝鮭魚薯茸湯。」

這時有小小聲音說：「我可以去餐廳訂購。」

原來是錦瑟，力高點頭批准，多一雙手好得多。

錦瑟忽然問：「兇手呢？」

小的答：「警方會得處理，你別管閒事。」

她忽然抱住小的，「我再恨你，也不會殺你。」

眾人啼笑皆非。

圓周說：「錦瑟你買一套運動衣褲給莊生替換。」

「立刻去。」沒想到她成為生力軍。

圓周看時間，「我要回家照顧幼兒。」

「你儘管去，有事才叫你。」

小的玩電子遊戲，他告訴力高：「我功力已抵第九層，再打下去，晉升神級，名留千古。」

「你可擔心大拓？」

「看上天、醫生與他自己，我們是為莊生坐這裏。」

小的分析什麼都另有一功。

這時醫生出來，兩人立刻站起。

醫生坐下說：「林氏的傷勢極其罕見，尖刀直插心臟，傷口在左心室，需打開胸腔修補，手術現已完成，但他受嚴重創傷，恢復需時，已注射麻醉藥，讓他昏睡七十二小時，這是關鍵時刻。」

「正中心臟。」

醫生答：「是，像紋身圖案那樣，一枚尖刃插中一顆紅心，滴血，十分恐怖。」

連力高這個彪形大漢都聽得呆住。

「傷者暫時不會甦醒，你們可以回家休息，不過，那位孕婦需要照顧。」

小的不明白，「孕婦，哪個孕婦？」

幸虧錦瑟拎着食物與衣衫回轉，她代答：「莊生，是莊生。」

力高叫苦，這不是屋漏兼夜雨嗎。

錦瑟說：「你們先吃點東西，我替莊生更衣。」

她進去。

力高攤手，「怎麼辦？」

小的一邊吃一邊答：「盡你我之力照顧三人。」

力高忽然笑，頓悟，也只能如此。

錦瑟到病房，用一碗溫水，先替莊生拭淨臉上血漬，再替她換上運動衫，一邊說：「急救已經生效，正在休養，尚未過危險期，你懷着孩子，先照顧自身與胎兒，大隊長交給醫務人員。」

沒想到要少女勸慰照顧。

「醫生同你說了吧，是心臟受創，小的曾經告訴我，心肌最最強壯，你沒聽過有心癌吧，因為心細胞數目長那麼多就那麼多，癌細胞無法借它們繁殖，故此心臟免癌。」

莊生本來不大喜歡這女孩，現在發覺她熱心有趣。

「沒想到你大意，醫生可有說懷孕多久？」

莊生沒答。

「真奇怪，八個多月後，就有白白胖胖大哭嬰兒出生，專橫嘈吵，不過他們會認人時又超可愛，來，喝口蜜糖水。」

「我沒事，想看大拓。」

「我們一起去隔着玻璃探訪。」

大拓躺隔離病房，力高與小的也在凝視。

只有錦瑟敢說：「都不像他了。」

莊生一直沒有流淚。

看護走近，「林太太，記得多喝牛乳多吃水果，還有，多加休息。」

莊生忽然想起：「文華，文華在何處？」

莊生雙腿發軟。

「放心，圓周把他接回家裏同兩個弟弟一起。」

這時莊生才淚流一臉。

「哭出來也好。」

莊生說：「怎麼辦怎麼辦？」

小的答：「你要照顧兩個孩子，靜靜等大拓醒轉接回家。」

「他會醒轉。」

「一定會，他不捨得孩子們。」

莊生一直點頭。

小的吩咐：「錦瑟，你陪莊生回家，代她告假，照顧她飲食，我教你做的清雞湯，今日派用場，我與力高駐守此處。」

莊生已經筋疲力盡。

回到寓所，她靜靜蜷縮睡着。

那邊力高說：「沒想到你把小女孩訓練得那麼好。」

小的得意洋洋，「你的艷女呢。」

「打點健身室呀，兩個人確比一人好。」

「大拓代莊生捱一刀。」

「莊生為他爭撫養權才被遷怒，那也不是她的孩子，她也是為大拓。」

「怡和太激烈了。」

「有些平時溫婉女子，一生只發一次脾氣，但一次足以致命。」

「她會怎樣？」

「意圖殺人，七至十五年，若大拓不測，終身監禁，一輩子碰不到文華。」

小的垂頭，「最慘法庭判文華給生母撫養，法官說，不能以物質條件決定子女撫養權，並且命大拓付出可觀贍養費，林怡和只要再等十分鐘，便可知結果對她有利，可是——」

「這是一個爛攤子，註定要莊生收拾。」

「我對大拓有信心。」

「先等他甦醒。」

第二天，醫生說：「傷者情況穩定，你們可以進去看他。」

莊生開始進食。

圓周領來文華，小孩猶疑，「父親重病。」

握了一會手，把他帶出。

莊生把臉貼在大拓手背，「快些醒轉。」

這時，他們發覺大拓有動作，眾人驚異，立刻傳看護。

大家看着大拓揚起雙手，做一個奇怪的手勢。

「他可以動了。」

「他在做什麼？」

「推，他在推一件東西。」

「推門，大拓在推門。」

是的，林大拓並排雙掌，輕輕往前推，真像煞推開兩扇門。

醫生進來，按住他雙手，將它們平放，「不怕，是肌肉無意識反射動作，萬幸病人進展良好。」

小的說：「不，他在推門。」

醫生請他們出病房，「門，什麼門。」

力高也心存疑惑，「他家沒有雙扇門。」

是的，林大拓在開門。

一醒轉就知道置身何處。

他回去了。

風和日麗，時值中秋，一排橡樹葉子變成深淺不同棕紅色，這是樹木遇乾冷氣候努力生產糖份想延長挽救樹葉生命產生的化學作用。

他當然認得這一片美麗的樹木。

前面就是他一年多來每晚做夢看到的茅舍。

他微笑，終於再見，心中說不出歡欣。

那隻小豬看見他連忙逃跑，雞群咯咯迎上。

那少女會來開門否，她似水般容顏可有轉變，呵，君還記得我否？

這時，大拓心中一片澄明，他已知道茅舍是什麼地方，它是一道關口，過不過得去，是未知數，少女她是守閘人。

上次，尚未到時候，她把他們一行四人送出。這一次呢？

走到門前，他揚聲，「有人否？是我林大拓。」

真怕少女啟門出來說：「又是你。」

沒人應，門虛掩。

他舉起雙手，輕輕推開兩扇門，就是這個動作。

他的確是推開了門，走進茅舍。

室內一切擺設傢具，同他記憶一模一樣，「是我」，沒有人應，少女不在。

他坐下，看到桌上有一顆寶石閃閃生光，他探近看仔細，是那顆紅色彈子，噫，正是當日他送給少女的信物。

並非幻覺幻聽，有該顆彈子作證。

他把彈珠握手中，準備一直在茅舍裏等。他心境平靜舒坦，他決定靜候少女出現。

外邊苦難世界，七十二小時已經過去。

眾人焦急，「醫生，發生何事，你看，病人鬍髭都長長，尚未甦醒。」

「麻醉劑效用已經過去，請待病人復元，個別情況略有差別，請勿心急。」

林大拓的左手蠕動，手掌一鬆，一枚鮮紅色玻璃彈珠滾到地上。

「咦，這是什麼，他握着彈子，誰給他這東西？」

力高拾起彈珠，「這好像是文華的玩具。」順手放到一邊。

醫生請他們離去。

他們到餐廳喝咖啡。

力高說：「幸虧文華與圓周兩個孩子相處極佳，看來是有緣份，他教學生兒看圖識字，是個好哥哥，莊生嘔吐得更劇烈，已瘦一圈，全失卻昔日威風凜凜英姿颯颯副署長形象，可憐。」

「大拓若不醒轉，豈非成為植物人。」

「咄，你這烏鴉嘴，小的，你從沒好話，你跟你那小女友學的。」

這時，大拓病房輕輕閃進一個人。

正是錦瑟呢。

她坐到床尾，取出一支小竹笛，吹兩下，調校拍子，不知怎地，那樣簡單一件樂器，聲響出奇清麗淒婉，綿綿有話要說。

接着，她放下竹笛，對牢病人輕輕啟口清唱。

歌詞是這樣的：「我曾為你許下諾言

不知何時能實現

想起她小小的心靈

希望只有那一點點」

看護剛剛進來視察病人，聽到稚嫩自然歌聲，不禁感動，其中轉折柔情，叫她落下眼淚，誰都有一個不曾兑現的諾言。

「呵，唱得那麼好聽。」

錦瑟趨近大拓，握住他的手。

「病人一定喜歡。」

這時，誰都不提防，林大拓忽然睜開雙眼，錦瑟吃一驚，退後。

看護驚喜，「醒了，我去請醫生。」

大拓第一個看到的人是錦瑟，他誤會她是另外一個少女，微笑，「你去什麼地方，好不容易等到你。」

錦瑟欣喜，「我一直在這裏。」

大拓這才曉得是認錯人，他知道置身醫院，輕輕問：「莊生呢，她可有受傷。」

莊生趕到，「大拓，我沒事，你保護了我。」

錦瑟卻說：「不過，大隊長的心已碎。」

莊生忍不住斥責：「你別胡言亂語。」

大拓掙扎，「莊生，聽我說，我都明白了。」

這時醫生命看護替病人注射，「你們確是最麻煩的一群親友。」

大拓趁藥力尚未發作，忽忽對莊生說：「我要趁失卻記憶前告訴你，我回到茅舍去了……」

他重重吁出一口氣，又再進入睡眠狀況。

莊生質問醫生：「為何——」話未說完，再次嘔吐，看護扶她出去。

醫生搖頭，替大拓仔細檢查，輕輕說：「你家人太嚕蘇，我是你，會爭取時間多睡一會。」

他打開林大拓上衫，檢查手術傷口，相當滿意，吩咐看護幾句。

下午，文華探訪父親，手中有一支竹笛，嗚嗚吹奏，他說，「錦瑟教我。」

大拓恍如隔世，緊緊抱住兒子不放。

小的進房，「大拓，我要把你的處境簡約說一下，最要緊一點：莊生懷孕。」

大拓一聽，又驚又喜，「啊。」

「恭喜恭喜，若是女孩，湊成好字，莊生堅持上班，正如圓周，一邊撫養孩子，一邊上法律課。累得哭，今日女性，不知想證明些什麼，只有錦瑟最開心，懶洋洋只做半日工。」

大拓耐心聽他稱讚女友。

「文華適應得出奇地好，住在圓周家，宛如大哥，教弟弟們認字，穿衣，而且會得沖奶粉，圓周一家四口愛他如己出。」

看護把大拓扶起，將一盤食物放他面前。

大拓說：「可有鮭魚湯？」

小的答：「已叫錦瑟去買。」

看護說：「先給你冰淇淋可好。」

小的繼續話題：「現在，說比較不好的消息。」

大拓微笑，「說吧。」

「怡和已提堂被檢控蓄意傷人，身在拘留所。」

大拓點頭。

「你可要探望？」

「不。」

「她正接受心理醫生評估，精神不平穩，時常哭泣。」

「文華可有想念她？」

「文華是好孩子，悄悄問圓周姨，媽媽去了何處，絕無哭叫吵鬧。」

「那陸先生呢？」

「正申請離婚，已退租遷出居所，換言之，怡和與文華，此刻無家可歸。」

大拓無言。

小的這樣表示：「大拓，你是頂天立地的男人。」

「我明白你的意思，我會照顧他們。」

「還有一點，怡和可能入獄，喪失撫養權，現在，文華永遠是林文華。」

大拓吁出一口氣。

小的說：「人生如此多磨難，這年餘，大拓，我看你都沒好好睡過一覺，各式各樣折磨都降臨你身，試練你的意志力，你說什麼都要螳臂擋車，好好挺着。」

這時，小的收到一通電話，聽後不語垂頭。

「這是一個壞消息：怡和被精神科醫生判決不適宜接受審訊，將長期羈留療養院。」

大拓不出聲，他一時消化不了那麼多訊息。

小的再問一次：「你可要探訪怡和？」

大拓一早已有決定，他說：「不。」

「別人會說你無情。」

大拓輕輕答：「死豬不怕燙。」

小的這時看到那顆紅色彈珠，「大拓，我好似見過這玩意兒。」

林大拓不回答。

一星期後，他出院回家康復。

開頭，只能緩緩走動，抱起文華，肌肉扯動，不止胸膛傷疤疼痛，連大腿都瘦軟。

他是一個傷兵。

掀起襯衫，讓妻與子看傷口，他們聳然動容，「嘩，不是說有微創手術嗎？

廿二吋拉鍊那麼長。」

莊生輕輕撫摸傷口，但隨即嘔吐。

她一直嘔足頭三個月。

胎兒似不大與母體合作，令莊生吃足苦頭。

她喘息着喝蜜糖溫水，大拓輕輕揉她背脊。

「可要探訪怡和？」

大拓搖頭。

圓周去過一次，以為醫院守衛森嚴，但是見面之處是一間康樂室，怡和事先已被帶出坐椅上。

她不認得圓周，只是禮貌的問候，然後靜坐不響，彷彿等待什麼熟人，並沒有問起文華。

半晌，她開口問：「爸爸好嗎？風濕病可有進展？」

圓周心酸，只能答：「都很好。」

她留下一盒巧克力，怡和十分高興。

真不知做錯什麼，得到這樣結局。

力高的槍會成立，生意火紅，收錄會員時叫小的前去幫忙相面：面相猙獰之徒可免則免。

錦瑟這樣說：「許多連環殺手均斯文英俊。」

小的說：「你最會得掃興。」

莊生如常上班，胎氣漸漸穩定，舉止也較靈活，同事們都不讓她有大動作，也不敢讓她動氣，奈何工作性質暴烈，她還是接觸到許多孕婦應當避免的事。

大拓再也沒有向她提起重返茅舍之事，以免百上加斤。

他一邊養傷一邊做家庭主人，照顧文華，接送上學，做午餐盒子，補習功課。

私立名校一年級起學習英語、歷史、國文、算術，任家教並非易事，「咦，這一題其實是代數」，「這麼早就學埃及文化」……

其他同學媽媽一見林大拓便圍上，討教功課，他耐心一一把心得講出。

「林先生不如開辦補習所。」

大拓答：「那會是世上最艱苦工作。」

家長都苦笑。

她們喜歡他：斯文、英俊、具學識、愛孩子，世上竟有這樣好男子，當然，那是因為他不是她們的丈夫。

林大拓已久無收入。

他每朝起來，服侍妻兒早餐，駕車送文華到學校，然後送莊生。

他也沒閒着，與家務助理商量做什麼晚餐，添何種盆栽，甚至教文華如何剃鬍髭，好似文華已經開始發育。

莊生腹部日漸隆起，文華比他父親高興，「是個妹妹，我與小哥與大弟講了，他們不喜歡。」

「他們才一歲，剛學走路，懂什麼。」

「說是妹妹，會裝鬼臉，立刻抱住我。」

「你會保護妹妹。」

「一定要，學校多頑童。」

父子空前融洽。

怡和這個人，不是淡出，而是被刻意在腦海剔除，不提、不想、不理。

只有圓周，隔一段時候，說不定十天或是八天，並非不夠誠意，而是實在忙不過來，去探訪怡和。

她試圖向文華解釋：「她有病，需要離開你在醫院休養。」

誰知文華清晰目光注視圓周：「你別把我當幼兒，我都明白，她精神錯亂，舉止失常，不能照顧自身，父親不希望我受影響，不讓我見她。」

他全知道！

「她身上有刑責，隨時入獄，可是這樣？」

圓周無言。

「你可想見母親？」

文華遲疑。

但林大拓還是點頭批准。

會客室裏，文華拘謹。

怡和出來，看到孩子，似是認識，想伸手觸摸，文華悄悄避開。

已經不記得了，已經不稀罕這怪女子親近。

圓周惻然。

這聰明伶俐孩子對別人都友善有禮，可是這回他無比難堪。

圓周只得帶他離去。

他要求到健身院，一見力高，跳到他背上，笑顏逐開，他完全不留戀舊生活，這一季他足足高了三吋。

莊生如此形容文華：「每見我坐下，都自動在我腰後加一隻墊子，又用小櫈抬起我雙腿，自發自覺，叫我窩心。」

「你如何回報。」

「他擁有全球最新電子產品。」

圓周問：「日後呢？」

「像所有孩子一樣，飛快長大，離家出外發展，若是幸運的話，偶爾回來探訪。」

「照你說，養育下一代有何意義。」

「不可悲觀，你看你那對孿生子，任是誰鐵石心腸看到都笑，像兩個歡喜團，一見你這個目前在他們心目中最重要的人，連忙急急撲上，唉，人生夫復何求。」

這是真的。

「妹妹如何？」

「萬幸十分健康。」

「我喜愛這種立定心思是來做人的胎兒，不管外邊世界何等險惡，她一心一意在母親子宮悠然成長。」

「圓周，世界是否真正恐怖了？」

「的確是。」

圓周是有心人，她仍然帶着巧克力探訪怡和。

一日交通出奇暢順，她早到。

看到叫她訝異一幕。

怡和已在會客廳，蹲着，與一隻護理員帶來小狗玩得特別親切，全神貫注，沒看到訪客。

該時的怡和，雖然穿着醫院服飾，頭髮也如常挽在腦後，但看得出，有精神有活力。

她把狗摟懷中，抬頭，看到圓周。

她一怔，眼神即轉模糊，似無焦點，手一鬆，放下小狗，呆呆坐下。

圓周何等機靈，即時覺得蹊蹺，她沒有多話，問候數句，放下糖果，悄悄離去。

之後，她不再探訪。

世界越來越兇險，躲在精神病院等待機會，也是一種辦法。

圓周不想多加猜測。

幾次她想跟林大拓一談，但力高與小的都說：「大拓也躲在他的私人療養院裏不願出來，你就別打擾他了。」

大家苦笑。

「別太擔心，我們各人都有小小藏匿處，力高的健身院，我有課室與學生。」

「但精神病院——」

「各人有各人緣法。」

他倆再也不比從前那樣豪情愛拔刀相助見義勇為。

這時文華嗚嗚吹起竹笛。

「這是什麼歌？」

錦瑟在一旁唱吟：「很明顯這不是愛

但請勿離開我

留在我身邊

這便是我此刻所需」

「我的天，竟教孩子這種哀歌。」

他倆卻邊唱邊跳穿過走廊進書房。

大拓叫他們：「藍莓鬆餅烤好了。」

不知就裏，真會以為他們是幸福家庭。

夫妻感情已大不如前。

莊生時間精力分為兩部份：三分二工作，三分一給胎兒。

她小心呵護未生兒，洗澡小心翼翼，水溫試完又試，戒絕煙酒，每天喝果汁機器打出，綠色蔬果汁液，大拓父子看到心生恐懼。

她打算環保，嬰兒用衛生布巾，大拓不出聲，理想誠可貴，現實最逼人，他有經驗，不久，莊生會得醒悟。

閒時，他會早些到學校接文華，坐小小校園，看松鼠跑來跑去，或是，讀一本書。

有時，一種不知名毛蟲，會吐絲垂下，在陽光下閃閃生光，似下雨，大拓都一一看眼內：如此精緻聰明巧妙生命，不過活一個夏季。

他閉上雙目。——我在等你。

有人在他耳邊呵氣，「這是在等什麼人？」雙手放他肩上。

誰如此大膽親熱，他抬頭，是錦瑟，只有這樣年輕，才敢冒昧肢體接觸。

她坐在他身邊。

大拓問：「你怎麼會來這裏？」

「我約了男朋友林文華到科學館看『電與磁石實驗』。」

「我怎麼不知道。」

「上星期我們去參觀『故宮文物展』，都知會過莊生。」

「他喜歡否？」

「對龍袍極之欣賞，他說沒想到其實是一條打褶裙子。」

大拓微笑。

錦瑟重複問題，「你在等誰？」

「等文華放學呀。」

「不，你在等另外一個人。」

觀察那樣透徹，到他心坎。

他看着秀美少女，「介紹你自己。」他想知多些。

「我廿一歲了，嚴格來說，不是少女，而是年輕女子，我一生從未離開過學校，將來亦不會，十九歲取得三個學位，家裏叫我試着做事，但我除出讀書，什麼也不會。」

「不過你找到王的確這個好男子。」

她微笑不語。

「小的可知你移情林文華。」

這時文華咚咚咚跑出，立刻拉住錦瑟雙手，「你來了。」

「我一向遵守諾言。」

「我一小時後到科學館接你們。」

「父親也一起吧。」

錦瑟說：「三個人太擠了，隨他去。」

大拓接到電話，莊生着他一起選擇嬰兒用品。

科學館？嬰兒店？他只想躺草地仰望天空。

他請錦瑟替他在會館禮品部選一隻反射陽光彩虹儀。

莊生已在店內挑選用品，看到他揚手。

兩個女店員圍着莊生團團轉。

小床、搖椅、嬰兒車、浴盆、高櫈、安全座椅……家裏根本放不下，大拓為那陣仗吃驚，他不好作聲，任由莊生調派，無論說什麼，莊生都會多心，以為拿嬰兒同文華比。

而其實文華幼時，洗澡不過在廚房鉼盆沖一下，嘻嘻哈哈一樣高興。

為着替文華多籌些大學基金，怡和到教會義賣會挑選舊衣，一元一件，有些才穿過一次。

大拓忽然覺得，他也許該找一份固定工作：有收入才擁發言權。

只有在少女茅舍，才眾生平等，不計較這些。

他深深呼吸一下，甚覺蒼涼。

莊生買下許多不切實際永遠用不着一下子就嫌小穿不下的衣物，只為着「太可愛了」，女人的荷爾蒙在懷孕期產生極奇變化，使她覺得天底下沒有誰比她懷中兒更加重要。

一個小時後成功完成購買任務，大拓送她返回辦公室，往科學館接錦瑟與她男友。

文華大聲談論心得，「我從不知道電與磁有如此親密關係。」

錦瑟說：「回去要做報告。」

「錦瑟幫我。」

「一定，我們做一隻磁石小摩打，接上電，它會活轉 —— It's alive, it's alive！」

文華大笑，露出新長大板牙，完全適應新生活。

人人都喜歡容笑聲，誰也不會選擇日日愁眉苦臉、吵鬧哭泣之家。

回到家，文華向莊生說：「同學有一件最新的遊戲機——」

話還沒說完，莊生已在大手袋裏取出一隻盒子，「可是這一件？」

一看，果然是它，文華笑顏逐開，歡喜地奔回房間處理。

就是如此簡單？是。

大拓把彩虹器取出，掛窗前，小小太陽能板塊叫摩打轉動，使水晶掛飾旋轉，帶出點點虹彩。

——我在等你。

他找到舊同學，表示想要一份固定收入。

同學立刻歡迎，「請為敝公司保安組設計更安全裝備，前些時候，對街恒安銀行辦公室竟叫歹徒闖入開火，幸虧護衛員奮不顧身，結果還是一死三傷，正在當地開會的董事要鎖上門躲桌下報警……」

大拓翌晨便可上班。

他有條件，朝九晚五，決不加班。

莊生歡迎他的決定，她此刻的世界，已不比那胎兒大許多，無暇仔細審視丈夫計劃。

在銀行下班，他到健身室幫手，接文華回家——「父親，看我的二頭肌」，大家都很高興。

莊生腹部隆然，大拓問她何時放產假。

「我會工作至陣痛直接入院，生產是最自然不過的事，不必擾攘誇張。」

大拓與文華一人一邊伏在莊生腹部聽胎兒心跳。

隔一日，圓周找他，親身到銀行，找個角落坐下。

「大拓，怡和出事，醫院設每季精神評估測試，評核她是否有能力出院候審，她服藥企圖自殺。」

大拓第一個反應是恐懼，靜一會，才知道不，不是害怕，是厭惡。

他低頭，為自身無情感覺慚愧。

當年，曾經深愛過。

「律師説，這一下子，怡和又得留在精神病院診治，她留戀那可怕地方，是因為不願去到更恐怖的監獄。因此，對她真實精神狀況存疑：她是假糊塗抑或真逃避。」

大拓不發一言。

「表態，大拓。」

「她已不是我的難題。」

「大拓，」圓周嘆氣，「一個正常人久耽精神病院都會出毛病。」
「我能做什麼？」
「大拓，把從前的堅毅拿出。」
大拓忽然微笑，「請看過去的一鼓作氣、永不言敗把我帶到什麼地方，我到達雷音寺沒有？當然不。」
圓周無言，林大拓本人也需要看精神科。
週末，文華說：「父親，我們到錦瑟家學做龍蝦蘇芙厘。」
莊生笑，「你們去吧，學會做我吃。」
她的小腿嫣紅色腫脹，已穿不下鞋子，在辦公室也穿拖鞋。
大拓說：「你多休息，有什麼動靜即時通知我。」
大拓看着錦瑟示範做高級美食。
找啤酒時發覺冰箱裏有整排標誌號碼小小塑膠罐，裏邊裝着不知什麼。
錦瑟答：「我試做的各種鮭魚湯，第三號罐最合小的口味。」

大拓訝異，「你如此細心為小的。」

錦瑟笑，「所以他一世要好好報答我，否則——」她嘭一聲剁下龍蝦頭。

大拓駭笑。

只有與錦瑟在一起，才笑得自然。

王的確在學校監考，錦瑟又嚴謹批評了考試制度，這一切，文華都聽在耳裏。

錦瑟把煮熟龍蝦肉剔出切片，把蘇芙厘醬灌入蝦殼，拿進烤箱，與文華小心守在爐旁，算準時間。

七分鐘後烤箱叮一聲，「熟了」，他倆歡呼。

取出，果然色香味俱全，三人大快朵頤。

吃飽，大拓說要回家看看，他有點不安。

錦瑟閒閒說：「文華在我這裏再玩一會。」

一開門，便覺不妥，走進客廳，看到莊生躺地上臉朝下。

他連忙扶起，看到她裙下有血，急召救護車，「莊生，你可清醒回答我」，聲音堅定有力，緊緊抱住。

莊生斷續說：「幸虧你回來，我摔一跤，爬不起。」

這時救護車到。

護理人員迅速檢查，「母子安好，臨盆了。」

就這樣，抬入急症室，立刻被安排剖腹生產。

已有經驗的林大拓全不見驚慌，一直守莊生身邊。

嬰兒被醫生扯出母腹，哭聲震天，大拓剪臍帶抱手中，「大小姐，讓我介紹，敝人林大拓是你的父親，那是莊生，你的生母，請多多孝順體諒。」

醫生護士都笑出聲。

莊生落淚，「我已盡力。」

稍後眾親友前來探訪，只說：「母嬰健康就好」，背後，永遠是錦瑟先發言，清心直說：「從未見過那麼醜女嬰。」

「剛出生，還沒長肉，滿月就好。」

「才怪，小哥與大弟出生時不知多可愛。」他們記性欠佳。

孿生子點頭，跟着説：「可愛。」

「父、母、兄，都那麼漂亮，為何女嬰獨醜。」

「噓，他們不知道，只有外人看得見。」

「呵可憐。」

那幼兒被接回家，整天哭，大抵自下午五時起，鬧情緒到清晨五時，隔條街都聽見，醫生説一點法子也無，她就是愛哭，文華很害怕，有時見她止哭，想看仔細妹妹，一張望，她又哭，文華避到圓周家，鬆口氣，把驚恐過程告訴好脾性的小兄弟聽，他們也嚇得緊緊抱住文華哥的大腿。

女嬰這樣一直哭，林大拓攜黑眼圈上班，新女同事又讚：「天下有這樣好的男人。」他只説：「女孩子當然愛哭。」

那樣懂得還就女生。

大拓終於獨自探訪怡和。

怡和在康樂室聚精會神教同伴織毛線，就表面看，不像有精神病，她胖許多，原本漆黑頭髮稀疏。

四周有人漫無目的的走來走去踱步，也不似不正常，只是空閒。

最瘋狂是自詡完美主義天天盲蠅似亂闖還以為正頂着半邊天的那一群。

大拓一向膽子大沒怕過什麼，這次卻坐遠遠。

怡和看到他，輕輕說：「你來了。」

大拓點頭。

「生活還好否？」有紋有路。

「托賴還可以。」

「你瘦許多。」

一定是哭嬰的功力。

「我最牽掛文華。」

「文華功課成績優良，幾個阿姨阿叔幫他補習。」

「文華可有想念我？」

「一定有。」

怡和點頭，「也不必提醒他。」

林大拓放下一盒巧克力。

「你是來勸我服刑吧。」

「你有你的主意。」

「在這裏住滿七年，我可以離開。」

「屆時，文華已是少年人。」

「文華可有女朋友？他一直埋怨班上沒有美女。」

大拓不禁微笑，「他確有美麗女伴。」

「我深信你會把他看好。」

「怡和，對不起。我一直太過重視工作。」

「看情形你都改過來了，是我沒有福氣，我太黏身。」
大拓沒想到她如此清醒，唯唯諾諾，不好作聲。
「傷口怎樣？」
大拓拉起衛生衣，一個十字傷口佔整個胸膛，顏色還沒有淡，棕紅色。
「啊，」怡和垂頭，「對不起。」
「都過去了，你好好休養。」
怡和目光落到窗外，她輕輕說：「也許，出來可以看到文華升大學。」
還有這種虛無盼望，可見她精神的確有病。
「我還有事。」
怡和微笑，「剝一顆糖我吃。」
大拓打開糖盒，記得她喜歡吃別人挑剩的椰絲糖，他打開銀箔糖紙。
怡和取過放嘴內，手指冰冷。
「我走了。」

負能量叫大拓倦上加累。

回到家，莊生抱着難得止哭的嬰兒不敢放下。

「親戚來過，帶來一大盒巧克力，剝一顆給我。」

大拓怔住，打開盒子，忽然眼睛鼻子都紅。

「你怎麼了，有何感觸，可是我醜得不行了。」

「不，不，你仍然好看。」

莊生答：「這樣説，是怕我們自殺。」

女嬰在家叫妹妹，仍然自下午五時開始痛哭。

保母説：「妹妹大概略為記得前生之事，戀戀不捨，故此痛哭。」

莊生説：「哎呀，那多可怕，我才不要記得上一輩子的事，我連前半生的掙扎都最好忘記。」

大拓在一旁聽着不出聲。

他卻記得，他什麼都記得。

妹妹到三個月大，大概淡忘從前，睡得比較好，長了點肉，但，不能逆她意思，否則還是難以收拾，三個小哥躲得她遠遠。

圓周惋惜，「妹妹還是醜醜。」

「大拓安定下來否？」

「外表是看不出來，兩份工作，收入不錯，挑起擔子。」

「已經不容易。」

「做人本來艱難。」

「你看到大拓同女兒玩沒有，嬰兒一直哭，他一直笑，終於那哭寶亦破涕為笑。」

「大拓可還有提起那間茅屋？」

「再講也無人要聽，他還硬派我們三人也親歷其境，一直申請查閱當年報告，只是不獲批准。」

「這麼講，他還堅持有那麼一間茅屋。」

「他畫下詳盡圖樣為證。」

「真奇怪。」

他們連失去那一年時間都不復記憶，生活苦忙，圓周得一邊安排孿生兒食物一邊用耳機聽功課，考試即將來臨，她對丈夫說：「這一年我足足老了十載。」

「沒有沒有一樣美。」

當然不是真的，不過聽着也心寬。

他們都無暇再審查、回憶、檢討過去，慌張地過今日還來不及，每日晚上休息都覺得是件功德；又捱過一日，不敢抱怨，儲足精神，準備迎接明天。

丟去的追不回來，切莫蹉跎，連將來亦失卻。

難得是他們四家人往來不絕，誰也沒疏遠誰。

力高問：「銀行保安工作進度如何？」

大拓苦笑，「大堂竟有兩個死角，連忙更改最新型彩色隱形裝置，董事局拍板通過，工程在晚間秘密進行。」

「有你沒錯。」
「這捧場話沒想到在你嘴裏說出。」
「我是真心。」力高摀胸口。
「力高，近日你春風滿面，快了吧。」
「我們將在遊輪舉行婚禮，邀請親友同行。」
「遊輪往何處。」
「地中海五個城市，我最嚮往馬賽。」
「好選擇。」
「你一家四口必須參與。」
「我與莊生恐怕走不開，你帶文華。」
「又來了。」
「健身室與槍會也需照看。」
「那莊生與嬰兒——」

「妹妹一哭，所有客人要跳船。」

「沒有你們一家怎好算數。」

「文華做代表足夠。」

「那我去訂船艙。」

「下次，就輪到小的。」

「小的抱怨不知女友心裏想什麼。」

「啊。」大拓警惕，「怎麼會，錦瑟是小女孩，多寵她一點就是。」

「最壞小的也是個小青年。」

「遊輪度假兩週，必然可以幫到他們。」

力高呵呵笑。

大拓凝視桌上紅色玻璃彈珠，少女一定知道他再次探訪過……

身邊不停有事發生，他卻像個局外人。

他最喜歡躺書房沙發上看天空，妹妹伏他胸膛飲泣，不一會也睡着，傍晚，父女都髒髒，有股餿味。

夫與妻的甜言蜜語，全說給小女兒聽。

旅遊時間將近，莊生忽然說：「我從來沒到過馬賽。」

「你可要同往。」

「妹妹怎麼辦。」

「我來照應，你該鬆一下。」

「我會好好叮囑保母。」

船票已經訂妥，錦瑟說：「我讓出位子，文華有莊生看顧，我可免役。」

「你此行是陪小的。」

「我最不喜坐船，奇悶無比。」

小的生氣，「我一個人度什麼假。」

力高只得還就朋友從新再作安排，結果，莊生獲得票位，獨霸一房。

如此任性，簡直不像出來做事的人，在大拓眼中，生育後的莊生，與婚前是兩個人，她可是越來越像怡和。

家裏只剩大拓與幼嬰。

他對妹妹說：「他們一定玩得高興，尤其是三個小哥哥，滿船跑，啊，是不是，好好好，不是不是，將來你結婚，父親也送你到船上蜜月。」

保母看着好笑。

大拓中午特地回家走一趟餵女兒，下班，先與她說幾句話，才回健身室巡視。

然後，在沒有防範之下，他接到警方舊同事電話，告訴他，林怡和在療養院自殺身亡。

「大隊長，請你來一趟，醫院說文件上聯絡人是你。」

大拓茫然，本來，還可以與圓周他們商量怎麼做，此刻，只得獨自沉着應付。

他深深吸一口氣，到療養院辦手續，知會殯儀公司，做再厭惡也得做的事。

文華在船上，一無所知。

只得他一個人來來回回的忙。

傍晚，他喝多支啤酒，在沙發倦極盹着，夢見少女迎着他跳躍着走近：「大——拓」，他高興，「我等你呢」，穿白色蓬裙少女趨近，看仔細了，竟是怡和，她雙頰紅粉緋緋，大眼睛充滿憧憬的柔情，「大拓」，她膩聲叫他。

大拓淚流滿面，他竟忘記，她們一度都是美麗少女。

這時，有一隻小手輕輕撫摸他腮邊，「做什麼夢？想到什麼人？」

他驚醒，面前是錦瑟，他忍不住悲痛，埋首在一雙小手中。

半晌，他說：「你怎麼回來了？」

「我在利斯本上岸乘飛機返轉，我心忐忑不安，似知道你有事，又與小的爭執，全無遊興。」

大拓抬不起頭。

「我都知道，」她抱住大拓，「我在這裏。」

舉行儀式那一日，墓地只得他倆，工作人員以及一名牧師。

即使在報上刊登過啟事，怡和亦無親友出席，錦瑟幫大拓打傘，雨勢忽然轉急。

牧師讀完詩篇第二十三篇，輕輕告辭。

大拓呆立着。

錦瑟將代表文華的小小白色百合花籃放下。

她挽着大拓的手臂。

大拓這樣說：「是我糟蹋了怡和。」

錦瑟吁出一口氣，第一次說出大人講的話：「人生路中總有挫折，各人承受力不同，誰沒有結過一兩次婚，失戀失業，怎好動輒委責他人，總得靠自身堅強站起，你說可是。」

「你偏幫我。」

「圓周與力高都會如此說。」

「她的丈夫竟沒有出現。」

「那是個懦夫。」

草地濕透，兩人腳上濺泥。

一個中年婦女哭泣着奔近，他們剛想招呼，可是女子看到名牌，「呵，找錯地方」，又奔離，他倆啼笑皆非。

啊人生。

大拓問：「力高他們此刻在何處？」

「大概是西西里。」

一輛黑色大車駛近，錦瑟走近吩咐司機幾句，大拓差些忘記，錦瑟是富家女。

車子載他們駛往大拓寓所。

門一打開，便聽見妹妹哭聲，一陣排洩臭味，他站門外，一時走不進去，家居竟如此不堪、狹小、雜亂、骯髒，到處是嬰兒用品，保母抱着幼兒，連斟茶的手也無。

錦瑟比他勇敢，笑嘻嘻到廚房做咖啡，然後，抱起妹妹，幫她沐浴更衣，灑上香噴噴嬰兒爽身粉，交給大拓。

錦瑟打開窗簾窗戶透新鮮空氣，幫傭人收拾雜物，她變成小管家。

妹妹忽然止哭，原來，手裏握着一塊巧克力，有甜頭就行。

「你去更衣，洗把臉。」

大拓把妹妹交給錦瑟。

怪不得莊生要去度假，她是出去透口氣，否則沒命。

大拓淋一個熱水浴，精神好些，在鏡中看到十字傷口，覺得礙眼。

鏡中忽然出現另一個人，他轉身，「錦瑟，我衣冠不整。」急急披上浴衣。

她伸手觸摸疤痕，「可憐，縫工如此粗糙。」

就得錦瑟能惹他笑，走到外邊，發覺一個家務助理正相幫吸塵打掃，另一個熟練地在廚房洗淨盤碗。

大拓瞠目，這天兵天將從何而來。

錦瑟微笑，大拓知是她自家裏調來人手。

保母鬆口氣，抱着妹妹在椅上盹着，真難為她。

大拓連忙道謝。

「不客氣，有事弟子服其勞。」

大拓這樣說：「任何女人碰到我，都淨得苦幹。」

錦瑟話不對題：「我喜歡你，已不止一朝一夕，你發覺沒有？」

大拓輕輕答：「如果我不察覺，那我也太不敏感了。」

「那為何沒有表示。」

大拓意外，「我已婚，你亦有男友。」

「那又如何。」

「錦瑟。」

「我同小的在一起，是因為時不時可以見到你。」

「小的是我最敬愛的人之一，你不可偏待他。」

「他只是個疙瘩的孩子。」

「啊，你何嘗不是。」

「他那過目不忘的速讀法，他對宇宙與眾不同的演繹，他那無神論，還有一件襯衫穿七天不換，襪子永不成雙，分不出香檳與汽酒……」

「太不公平。」

「你們這堆人最好永不結婚。」

「這下子說得真確，我不知多後悔兩次婚姻，累己累人。」

「但開頭之際是最最美好的吧。」錦瑟趨前，「是那愛念照亮枯燥生活，使青春特別耐久亮麗，所以人們才勇往直前。」

大拓捧着她雪白小臉，「我的感情已經涓滴不剩，即使有，也得留給文華與妹妹。」

錦瑟搖頭，「我不信，你心中分明還有一個人。」

「我有妻子。」

「不，不是莊生，是另外一個女子，叫你日夜牽縈失神，她是誰？」

大拓微笑，瞞不過這精靈女。

他也不知她是誰，或是，她叫什麼名字。

這時，家居已打掃得乾乾淨淨，床鋪被褥也都換過，廚房有新做濃湯與菜式，其中一味紅酒燴牛尾，香聞十里。

保母高興對妹妹說：「我們又可以活下去了。」

妹妹忽然伸開手臂，「爸爸。」

她第一次開口叫人。

大拓淚盈於睫。

保母說：「妹妹已可以吃固體食物，待我給她一塊洋山薯。」

妹妹吃得嗒嗒作聲，可惜一半濺在小臉上。

錦瑟吃驚：「這樣要餵到幾時，太勞累了，世上萬種生物，只有人類如此窩囊。」

保母吁口氣，「待他們會跑會走會挑食之時，便要口口聲聲要爭取自由離家出走。」想是她經驗之談。

錦瑟駭笑，「誰還敢生孩子。」

大家這才有時間坐下吃飯添增力氣。

大拓動念，問能幹家務助理可願留下。

錦瑟笑，「家母情願不認我也不會捨得她倆。」

大家又笑。

連保母都說：「錦小姐開朗風趣，真正歡容。」

大拓說：「謝謝你。」

「我也得回家梳洗。」

她一身黑衣得換下。

錦瑟一走，大拓的電腦叮叮響，是，他們也得到消息了，圓周氣急敗壞，

「發生如此大事，為何不知會我等回轉，我們也不過在天不吐發獃。」

「純私事，不好打擾。」

「太客氣了，我這就攜文華回轉。」

「你們在何處？」

「雅典，已是最後一站，乘飛機往倫敦，然後折返。」

「莊生說讓她看看妹妹。」

保母把嬰兒抱到鏡頭前。

莊生微笑：「胖了一些，帶得很好。」

「文華呢？」

「他還未知此事，正與力高打乒乓。」

大拓吁出一口氣：「回來再說。」

莊生忽然說：「得搬家了可是，地方太擠，我回來就找新址。」

大拓唯唯諾諾，他知道，這個家怡和住過，莊生忌諱。

他晚上當然沒睡着，窗外一彎蛾眉月，叫他凝視許久。

錦瑟問：她是誰？看得出他精神恍惚。

幸虧妹妹這時醒轉叫他：「爸爸。」

有更重要任務，暫時放下旁騖。

第二天傍晚，整幫人都回轉，都説精神支持有效，小小住宅單位充滿人氣溫暖，整組人都是親眷。

小的問：「可有見錦瑟？我找不到她。」

大拓答：「她出去買蛋糕。」

莊生説：「真該搬家了，擠得不像話。」

大拓與兒子坐在一個角落，向他説出生母已經辭世。

圓周在一邊摟着文華。

文華聽後，一時不出聲，隔一會輕輕説：「可是不再回來了？」

圓周頷首，心酸。

「可是以後永遠再也見不着。」

圓周雙目已紅，「是。」

文華這才飲泣，伏在父親懷中，哭個不停。

大人都靜下來。

孿生子與文華有感情，走到跟前抱住，叫文華別哭，結果兩兄弟泣不成聲。

莊生說：「錦瑟回來了，大家快來吃蛋糕。」

原來是莊生生日，大拓都不記得。

莊生來來去去只一句話，「我馬上看房子搬。」

她臉色已經相當難看。

圓周建議：「這兩日文華可住我家。」

大拓尚未開口，莊生已說：「我幫他收拾衣物，勞駕你們。」

力高想阻止，被女友拉開，那艷女恁地懂事。

文華被圓周夫婦帶走。

錦瑟說：「生日快樂，我也告辭。」

她自背囊取出一盒禮物，「大隊長一早選定，只是扣子略鬆，手飾店到今午才修妥。」

大拓莫名其妙，莊生卻欣然收下，臉色好看許多。

大拓送錦瑟到門口，錦瑟說：「今天也是我生日，家母給的禮物，先贈莊生。」

大拓訝異，「你這樣周到。」

她已經上車離去。

屋裏，莊生已經打開盒子。

「啊，大拓，這麼漂亮精緻，謝謝你。」

盒內是一條白金鑽石項鍊，極細，寶石小小密排，秀麗而不俗氣，戴脖子上如一條閃爍光線，煞是好看。

莊生心情好轉，不再牢騷。

那一夜，大拓與女嬰一起坐沙發觀看文藝愛情電影，「看到沒有，那男子始終變心，太不牢靠，你長大了，切切要慎交男朋友，莫聽他們甜言蜜語，有不高興的事發生，必須莊敬自強，大不了回家，爸爸養你一輩子。」

保母搖頭笑着收拾。

大拓以為莊生會有話說，誰知她已埋頭看警署傳來文件，不過項鍊始終沒有除下。

名貴首飾往往可救男人性命。

第二天，圓周陪文華到墓地，大拓黯然。

力高說：「大拓，不是你的責任。」

大拓答：「百分百是我過錯。」

圓周說：「那男人始終沒出現，恰和開頭還認為他好得不得了。」

「都過去了。」

「多麼遺憾。」

「文華還要上課。」

大拓說：「我送他。」

力高說：「我來做。」一手抱起文華。

圓周陪大拓站半晌，拉他袖子，「你這樣，莊生會不高興，活人比較重要，你說可是。」

大拓這才上車。

圓周說別的：「我幫兩個孩子找學校，頭都大，想必要進國際學校，對中文學習，有極大妨礙。」

一言提醒大拓，「唷，文華的中文……」人生不滿百，常懷千載憂，兩個老同事一起苦笑。

莊生電話追至，「大拓，請到以下地址一趟，我覺得該層住宅不錯。」進行得十萬火急。

圓周不出聲，租客如此急促，租金一定不便宜。

地方開揚許多，添兩間睡房，可是收拾起來更加費勁，一闊三大，莊生對圓周說：「我可能有晉升機會，生活津貼增加，看，這間空氣流通，又夠明亮，留給妹妹。」

大拓不出聲，站露台觀景。

房屋中介一直游說。

大拓看着莊生簽署支票，聯絡搬運公司與裝修師傅。

圓周說：「想搬就搬。」

「動念許久，這次度假，靜下來，有個人空間，才發覺竟在前頭人的家裏住足兩年，不可思議，再煩也得搬一次。」

「為什麼不索性買下。」

「我也計算過，如今租金只合房價百分之五。」

「可是，會升值呀。」

「你看你那小主婦的數目字。」

是。」

圓周不再說話。

她看向露台前背光站的林大拓，莊生留意她目光，這樣說：「大拓真漂亮可是。」

圓周答：「他一直英軒，站着已經好看。」

「自從那次你們四人一起出事之後，他憔悴得多。」

大拓走近，「我要回工作崗位，搬家的事，你說了算。」

圓周陪他離去。

大拓說：「咦，看牢我幹什麼。」

「研究為何女性為你傾倒。」

「誰會那樣做。」大拓自嘲，「都嫌我愚魯。」

「錦瑟一直在你身邊兜轉，我們都覺不妥。」

「她是小孩。」

「你真會逃避，當心小的不高興。」

「我一向尊重王的確。」

圓周拿他沒辦法。

圓周覺得該說的都說了，不該說的也說了，她像在教大隊長如何做人。

終於還是丟下一句：「莊生戴着的項鍊是你送的？你彷彿沒有那樣好品味，我記得當年莊生，也百般遷就怡和母子討好你。」

大拓一怔。

圓周已經下車離去。

大拓很晚才回家，想去看妹妹，咦，還醒着，而且沒哭，看到他，「爸爸」，大拓把她抱起，「無論如何要陪着爸爸，不許離開，聽到沒有。」

莊生啪一聲開亮電燈。

這才看到房內大部份傢具已經搬走。

她喜孜孜說：「妹妹雙眼彷彿大了些。」

大拓一聲不響休息。

清早他到力高家接文華上學，可憐文華如一隻球，踢來踢去，居無定所。

力高妻開門，笑着指指客廳。

只見力高與文華手持遊戲器躺在沙發熟睡，兩人分明瘋玩到凌晨，也不知功課有無做妥，而最失職的，是他這個父親。

大拓叫醒兒子，替他梳洗，收拾書簿，送他上學。

在車上，文華忽然說：「莊生問我，可想到英國寄宿讀書。」

大拓一驚，「什麼。」

「她說十二歲可申請入初中，那邊空氣環境都好，可學網球騎馬。」

「那也太早，還有好幾年。」

「莊生說要提早申請。」

大拓沉着氣，「我會同她商量，你呢，文華，你怎麼看，你可願離鄉別井？」

「我捨不得父親小哥與大弟，但莊生說，男兒志在四方。」

莊生沒説錯，但她不應該説這話。

他與她簡直沒對話空間，況且，又忙着搬家。三天之後，莊生作主要把舊家出售。

力高急找圓周商議：「這下子，大拓手上再無物業，萬一有變，他要睡到街上。」

「啊，他為什麼不反對。」

「大拓根本已無心思管這些，他為怡和內疚，舊創未癒，新傷又起，重重打擊，他抬不起頭，真的有所不測，他可以住到健身室。」

「能幹精明的大隊長怎麼變得一點主張也無！」

「也有益處，他可以專心工作，某名媛在他指導下三個月減卻五十磅，在報刊登全版廣告鳴謝健身室，又銀行主管嘆從前那套保安設備像無人之境，幸虧有大隊長去。」

「他根本是警署最具前途的教頭。」

「鬆弛精神，延年益壽。」

小的另有主張，「圓周，我們三人合股，把大拓的舊居自莊生手中買下，以防萬一。」

「這會得罪莊生。」

力高說：「小的是鬼靈精，他說得有理，我們當一項投資好了。」

三人擊掌，委託中介辦事，不讓莊生與大拓知曉。

旁人均有預感，當事人卻毫不察覺。

搬妥新家，莊生請一夥朋友吃飯。

大拓站在露台看晚霞。

錦瑟走近陪他。

她說：「我認識一個老太太，她最愛仰首看雲捲雲舒，愉快地說時日無多，要盡情欣賞這美麗的世界。」

大拓轉頭，橘紅色夕陽映得錦瑟小臉如玉，比任何時刻都像那嫺逸溫柔美少女。

他忍不住走近，輕輕撫摸她腮邊，啊柔肌像象牙般細滑。

這時錦瑟輕輕說：「不要後悔。」

大拓低聲回答：「我是成年男子。」

這時文華抱着哭泣妹妹走近。

錦瑟接過妹妹，「搬新家舊時事物都不見，叫你恐惶可是。」

連大拓都不慣，半夜起床，膝蓋不是碰到沙發就是撞到茶几，十分徬徨。

他只喜歡可供觀景的露台。

莊生似乎興高采烈，熱誠招呼各個同事，有些，是大拓不認識的新手下。

力高與妻先告辭，圓周夫婦也接着離去。

小的低頭玩電子遊戲，渾忘身在何處。

錦瑟對大拓說：「一位老先生的智慧之言：『一個人，想要做的事，未必做得到，不想做的事，一定可以不做。』」

大拓微笑，「你認識許多老人家。」

「他們的經驗，都可以教導我們。」

不想做的事，一定可以不做。

錦瑟叫小的告辭。

大拓躲進臥室陪文華與妹妹。

「喜歡新家嗎？」

文華答：「我無所謂。」

孩子一懂事，就叫人心酸。

「你長大之後，會怪父親否？」

文華答：「我情願賴社會。」

大拓忍不住笑。

莊生推門進來，「你們躲在這裏，有什麼好笑，說與我聽。」

大拓說：「文華該睡了，快去刷牙。」

不知幾時開始，已把莊生關在外邊。

話不投機半句多，是非皆因多開口。

「我有話說。」

「你先講，我也有事與你商量。」

「賣掉舊居所得那筆款子，我想用來貼補這邊裝修費用。」

「莊生，我所擁有，不過這些，我並非富翁。」

「那麼，我不客氣了，你又想說什麼。」

「文華對我說，你與他提到寄宿。」

「總是文華這文華那。」

大拓不與她爭辯，「莊生，我不打算在他十六歲之前送他出去。」

「為何這樣堅決？」

「文華已是單親孩子，不能叫他做孤兒。」

「啊，林大隊長，那我是什麼人，我是狠心歹毒後母？」

大拓自動自覺收拾被褥往客廳睡沙發。

莊生大力關上臥室門，又吵醒妹妹痛哭。

大拓也想哭，只是沒有眼淚。

未婚之前，莊生多麼愛他，事事不計較，處處為他着想，凡事遷就，理智通達。

一覺醒來，晚娘的臉盡露。

他林大拓比從前更加煩惱：兩任妻子，兩個孩子。

凌晨，莊生後悔，起身走到沙發，擠到大拓身邊，大拓醒轉，見天色已魚肚白，輕輕推開妻子，「文華該上學了。」

他不去看妻子臉色，與文華梳洗出門。

在車上，文華自書包取出一張條子給父親。

一看，是校務處追繳學費，原來文華已欠學費兩個月，本來此事由莊生處理，可見她已棄權。

大拓連忙開出支票，囑文華繳付。

莊生已明顯表態。

下午在健身室，大拓收到銀行電話：「林先生閣下戶口已經超支。」

他只得向力高求助。

力高慷慨，立刻辦妥，並無提問。

大拓主動說：「我想與文華搬出新居。」

力高勸說：「互相遷就才是明智之舉。」

「力高，她已強烈暗示我作出選擇，我勢不放棄文華。」

「我請圓周過來商議，她是諸葛亮。」

圓周一聽，頭都黑了。

「妹妹是她人質。」

「妹妹也不能給她。」

「大拓，己所不欲，勿施於人。」

「她一早知道我脾氣。」

「大拓，犧牲小我，成全大我，一對子女感受重要，不要叫文華再度為難。」

大拓掩臉。

力高丟下一句：「這不是惡性循環歷史重現嗎？」

「力高你別落井下石。」

「大拓老是這樣浪費時間精力為感情煩惱，都不用幹別的事了，一個男子的青春活力就此浪擲葬送，成何體統。大拓，你再不能為結婚離婚糟蹋自己。」

「把莊生請出來說個明白。」

「誰敢與警局副署長理論，她一直把我們當下屬。莊生英明、果斷、獨裁，平時言語也似訓話，況且，我同她不熟。」

「大拓，你搬回舊居吧。」

他們把置下他舊居一事告知。

大拓震驚，「你們旁觀者清料事如神。」

圓周苦笑。

「是我林大拓愚魯遲鈍。」

力高與圓周不出聲。

回到舊居一看，文華的玩具雜物並沒有搬走，預備丟棄。

大拓對力高說：「我付你們房租。」

「算了吧你。」

他們都沒想到林大拓是一個如此難相處的丈夫。

力高摸着光頭，「對女子，什麼都說是是是對對對便是最佳夫妻之道，我那位一直叫我留髮，我每次都虛與蛇委，淋浴時把頭刮光。」

圓周說：「但大拓處境不簡單，他要保護文華。」

「男孩子趁早獨立也是好事，一味拖字訣，轉眼十二歲，不就升讀中學，大拓大可陪讀文華一年。」

「力高沒想到你那麼會轉彎。」

力高說：「其實唯一原因是，大拓不愛莊生，他從來沒有對她傾倒。」

「大拓真可怕，男子都恐怖。」

「賢夫婦還不是相處得好好。」

「也許是我倆要求低，孿生子出生後改稱『孩子的爸』與『孩子的媽』，根本不再似夫婦相處。」

週末，大拓自檜會回轉，渾身火藥味。

莊生與他說話，他沒聽見。

她說：「檜會去得多，耳朵半聾。」

大拓轉身，「此刻你看我，渾身缺點，千瘡百孔。」

莊生凌厲地看着丈夫。

「莊，我決定與文華搬出。」

莊生呆住，「你說什麼？」

手。

她動氣，走近，雙手用力推林大拓，他退後一步，舉起雙臂，表示打不還手。

「你說什麼！」

「莊，不用再拖，我們分居，我不會與你爭妹妹。」

莊生雙眼發紅，「你不愛我們！」她臉容扭曲，變得猙獰。

林大拓罵不還口，速步退出，奪門而逃。

結束一段婚姻，太過容易。

莊生把新居內名貴擺設摔爛一半。

保母抱着妹妹到處躲避。

莊生忽然遷怒，「你就曉得哭，屋頂叫你哭塌。」

妹妹聽見斥責，哭得更大聲。

保母索性抱着孩子出門。

圓周接文華回家。

她告訴男孩：「好消息，我考試成績優異，升級了。」

「嘩，好能幹。」

「今晚我們吃龍蝦慶祝。」

「把父親叫來一起。」

「他有煩惱事，讓他清靜一下。」

「我從來不知道父親會不煩惱。」

「那你需記住，一個人，一生結一次婚足夠。」

「嘿，我不打算結婚。」

大拓跑到舊居，躺地上，攤開四肢，重重吁出一口氣。彷彿有點舒暢，但耳邊像聽到女嬰哭泣，「爸爸。」

他胸口揪住。

門鈴響，錦瑟站門口，她說：「我對這間住宅有感情。」

她帶着兩名助理，像上次那樣收拾整理。

莊生除卻她自家與女兒雜物，似乎什麼都沒帶走，頗為殘忍，她逼他們父子也重新開始。

錦瑟說：「半新舊衣物最舒服。」

把日用品都整齊擺出，「缺什麼清楚記下。」

她又說：「幸虧水電都沒截斷，得多謝圓周。」

大拓無話可說，心中銘謝，莊生算準他離開新居要睡街頭，況且，他也不捨得妹妹。

錦瑟把一排六隻小碗擺開，「來，都是鮭魚薯茸湯，看哪碗叫你喜歡。」

「我記得你說小的喜歡三號。」

「這湯從來不是做給小的，我為你烹飪，叫他試味而已。」

「這不妥，錦瑟。」

「你是怪我利用他？大隊長，他樂意那樣做，各取所需，他不是一無所得。」

新生代的想法有點可怕。

「你看，粉紅色魚肉，奶黃色薯塊，顏色多漂亮。」

大拓取起匙羹，嚐一口，「唔，好味道，等一會，喝口清水，再試第二碗」，「就是它了，不用再試下去，就是第二號。」

錦瑟查閱筆記本子，「我知道怎麼做，放心，明日給你做一鍋。」

與錦瑟在一起就這樣好，她與社會不搭腔，沒有是非，也無煩惱，叫身邊人高興。

她把其餘湯倒掉。

「噫，浪費。」

「你都說不用再試，還留着作甚。」

大拓一怔，是，牽牽絆絆婆婆媽媽，幹什麼。

整個下午她陪着大拓，看他需要些什麼，寫在本子，叫人去辦。

第二天大拓到律師辦公室申請分居，女秘書吃驚：「林先生，又是你。」

已經成為笑柄。

律師攤手，「女兒怎麼辦。」

「歸莊生女士撫養。」

「你願付贍養費？」

「一定。」

「林先生，我不再願意看到你打官司。」

「不會，我已學乖。」

辦妥文件，他轉身離去。

秘書這樣說：「那麼多人離婚，他也算慘澹。」

莊生在辦公室收到手遞文件，拆開一看，臉上不動聲色，雙手簌簌顫抖。

她如常辦公，開會，聽下屬講述有組織罪犯最近動向，又到警察學校遞發文憑，一切似機械般運作，她知道自身也不過是架構裏一枚齒輪，不負責地停下，會影響整部機器。

林大拓傷後情緒飄忽，是她疏忽了他，個人作出許多主張，牽動他神經。

下班，她才找圓周出來喝一杯。

力高建議：健身室新設酒水間，歡迎她倆。

一看到莊生，圓周吃驚，她產後沒有調養好，膚色深棕，眼底發黑，坐下便叫威士忌加冰。

「你們都知道了。」

「知道什麼？」

「大拓申請離婚。」

力高頓足，圓周嘆息。

「啊，連你倆都沒知會。」

果然發生了。

圓周說：「兩位都是我上司，本來，我只有聽你們的份，今日，恕我多嘴，你倆要平和解決此事，千萬不要大動作。」

莊生答：「你怕我殺人。」

「不，不——請記住大隊長到底為你擋了一刀。」

都說得那樣白了。

莊生哀傷，垂頭喝酒。

看着平時那樣趾高氣揚，神采飛揚的女子如此頹喪，真不是滋味。

她輕輕說：「大拓的精神病並沒有痊癒，只有他同居人才會知道，你們需勸他繼續治療。」

力高關心，「怎麼說法。」

「在外邊看不出，在家，大部份時間他都躺沙發與女兒一起休息，妹妹睡多久，他便睡多久，妹妹醒了，他還繼續睡。」

力高吃驚，「嗯。」

不用心理醫生，誰也知道這叫逃避。

莊生說下去：「他睡着會微笑，蹙眉，像是有夢，雙手輕輕舉起，做一個奇怪動作——」莊生示範，「你們也見過，那一次他受重傷躺醫院，昏迷不醒，做的也是這個動作，小的說，好像是在推開兩扇門。」

圓周寒毛豎起。

「那是一間茅屋的大門，我們在還有對話的時候，他告訴我，你們四人，曾在一間茅屋度過三天，或是，地球上時間，整整一年，他清晰記憶茅屋內外環境，並且作出圖則及立體映象，戀戀不已，這個幻覺持續經年，直至妹妹出生，我以為會好轉，但是沒有。」

力高與圓周面面相覷。

「除他之外，你們三人，都絕口不提茅舍一事，脫險之後，你們的口供由我所錄，我怕記錯，想翻閱檔案，不得要領，它已被列為絕密。」

大家都不出聲。

莊生說下去：「與這樣一個男人生活不容易，當年，他與怡和一起到警署慶祝晚會，一臉笑意，我看到他，心生愛慕，如此英軒，戰績彪炳的大隊長，整晚用一隻手臂護着妻子腰身，怕有人推擠，他做得巧妙，那隻大手，並不貼在她腰身，距離三兩吋，剛剛好，不見霸道，十分斯文，我羨慕，啊，心想，我也是一個標致女子，為何衝鋒陷陣，流血流汗，無人憐惜……」

她喝完最後一半威士忌。

「告訴大拓，我簽妥文件即刻送還律師事務所，售屋所得，會歸還給他，他隨時可以探訪女兒。」

圓周還想說話：「莊生——」

莊生攤攤手，離開。

力高說：「莊生是一條好漢子。」

「她維持了尊嚴。」

「這世上，要別人尊重我們甚為艱難，唯一可做的，是盡量學習自重，不是給旁人看，而是對得起自身。」

「她沒提到文華。」

「文華與她不是血親。」

「文華與我們也並無血緣關係。」

「怎麼沒有，大拓是我們兄長。」

「力高，我錯，你對。」

「回老家之後，文華情緒明顯開朗，人也胖了，開始發育，力高，你與他說說青春期瑣事。」

「我也發覺他個多月長高吋許，文華聰敏懂事，這是大拓最值得慶幸之事。」

「他喜歡哪一個學科？」

「數學，他同我說，打算一直讀上去，然後到大學教書，收入穩定，可以照顧父親。」

圓周哽咽，「但望我的孿生子也如此乖巧。」

「你不必憧憬，你家溫暖正常，全神貫注事事以他倆為重，他們何需懂事，必定三十歲還像孩子。」

「打你這烏鴉嘴。」

圓周問：「文華可有提到生母？」

「人人忌諱那個名字，他也沉默。」

「這孩子。」

分居後生活平靜。

林大拓對力高說：「這生這世，都不會再婚。」

力高未能作答。

有一天下午，健身室起騷亂，有人進門取起東西便扔，職員即時關門站成一排。

職員與客人都渾身肌肉，大塊頭，是誰太歲頭上動土。

力高出來一看，「小的！」

小的整張面孔發青，獨獨雙耳紅咚咚，他見到力高，咪里媽啦一頓混罵，十分難聽，衝到力高面前，想抓住力高理論，可是力高光着上身，只有肌肉，小的拉住力高手臂搖撼。

「你這隻狗，今天我要你命。」

力高莫名其妙，「有什麼事快說清楚，別一直亂叫。」

職員問：「力高，可要報警？」

力高遞手阻止。

「什麼事，小的，你說我知，我幫你出氣，可是秀才遇着兵，有理說不清？」

小的指着力高，「你，你搶我女人。」

力高如墜五里霧中，「你女友是誰，可是錦瑟那口不擇言小女孩？」

小的出雙掌推力高，無奈力高像一座山般推不動，職員忍不住笑，力高揮手驅散他們，小的力竭坐倒在地。

力高陪他坐下，「我同錦瑟，從頭到尾，只說過十句話。」

「你別躲賴了，她移情別戀，她說要正式與我分手，因為她愛上我朋友中至漂亮英偉一個，那不是你嗎？」

力高一聽，哈哈笑，「小的，你真可愛，我在你眼中，最為英俊瀟灑？哈哈哈，多謝你小的，不過那不是我，我不敢當，那是——」猛地發覺說漏嘴剎住。

已經來不及，小的瞪大眼，「是誰，說。」

力高把小的扶起坐好，給他冰凍啤酒。

小的自言自語：「不是你，那麼有圓周，不，錦瑟沒有這種傾向，那只剩下一人，林大拓，大拓是我最敬重的人，不可能是他，他豈會撬我女友，我不相信。」

他呆呆的，忽然像一個孩子般流淚。

他抱住力高，「不，不是大隊長，我當他大哥一樣，我會為他擋槍彈，他怎會做這種禽獸不如的事。」

小的放聲大哭。

小女孩長大，他卻依然故我像個男童，分手是必然的事，但第三者偏偏是林大拓。

「噓，噓。」

「我去找大拓拚命！」

「天涯到處有芳草，你的要求又不複雜，滿校院都是天真活潑少女。」

小的把臉埋在膝蓋中央。

「你不要為一個女子給大隊長找麻煩。」

小的搥胸狂叫。

「王的確，我有任務給你，請你相幫查究：我們四人失去的一年時間，去了何處。」

小的不住飲泣。

失戀，的確是生命中最痛苦的事之一。

「王的確，聽見沒有，叫你追查科學原因，給大拓一個答案，解開他心結。」

「我還要幫他？以德報怨，何以報德？我以後都不要再看見他，當我不認識這個人。」

小的才想離去，剛巧大拓進健身院。

力高立刻站在他倆中央。

大拓看到小的眼腫臉紅，已經知道是什麼事。

他靜靜站到一邊。

小的一聲不響走過他身邊，像是當大拓不存在似，離開健身室，他也是一條漢子。

大拓問：「是為着錦瑟？」

「為着他的意氣與面子，大拓，你也真是。」

「我不值得尊重，小的他——」

「別為他擔心，男子生就銅皮鐵骨、皮如犀牛，過些時候就好。他是知識分子，不會大鬧大跳開記者招待會叫你好看。」

「力高你諷刺我。」

「當心那錦瑟，不久，又眷戀別人去了，年輕美麗的女子最無良心。」

大拓說：「我並無主動追求。」

「那麼，何故與她親近。」

大拓輕輕答：「她像另一個少女。」

「你初中時愛慕的女同學。」

「力高，真沒想到我倆會談論這種題目。」

「文華為何不來。」

「他在學校排戲，他演三小豬故事裏的大壞狼。」

「比你坦白，大拓。」

「力高，假如你不願再做我的朋友，請誠心說明。」

「我們是一家人，不是朋友。」

大拓感動。

週末，錦瑟陪大拓。

錦瑟內疚，「都說清楚了，他很生氣，可是沒有多話。朋友知曉我倆分手，都站他那邊。」

大拓想，這些人真多事，站到海中央也於事無補，根本與他們沒有關係。

「我能搬進你家否。」

大拓凝視錦瑟，「沒有可能，我已是中年漢子，你的名聲會受影響。」

「那麼，搬入我家。」

「我看不起那樣的男子。」

「要不，乾脆結婚。」

這一日，大拓沒有力氣與錦瑟爭辯，任她在廚房實驗，他覺得累，沉沉睡去。

醒轉，錦瑟已經離去，廚房有一鍋做得非常標準菜飯，不論男女，願為對方做吃的，就是恩情。

大拓有點猷，不知如何報答。

他虧欠她們。

獨自走到怡和永久住所，他靠樹坐下，閉目冥思。

「咦，你是什麼人，為何在此。」

張眼看到藍天白雲，以及一個圓臉男孩，正俯視他。

大拓站起，拍拍衣服，發覺樹上有一塊銅匾：「紀念母親大人」，喲，是一棵私家樹，他難為情，沒聲價道歉，匆匆離去。

力高催他返健身室，「那不是我女友，無仇無怨，公還公，私是私，大隊長，你要照常運作。」

大拓摸摸自己面孔，真像牛皮。

他比從前更加沉默寡言。

力高跟他說：「毋須不好意思，錦瑟已往倫敦升學，暫時都不會回轉。」

她沒向他們道別。
「她年輕貌美富裕自主，當然做什麼都可以。」
大拓長長吁一口氣。
圓周這樣說：「一個女子悄悄離去，意中人反而鬆口氣，多慘烈。」
「大拓是結婚結怕了。」
「少不免還得再來一次，世上不是男人就是女人，他會成為結婚專家。」
「這次，三個人都十分文明，慶幸。」
「我其實不是不喜歡錦瑟。」
「那麼，你追求她好了。」
「將來吧，此刻我正忙替兩個孩子找學校。」
「可有進展。」
「與國際學校老師談過，他們說：孿生兒最好分開兩間學校，穿不同衣服，別老把他們視作兩位一體，那樣比較健康，但是我們在時間上不可能把兩兒分送二校，只得分班，兩兄弟知後大哭。」

「小息還可以在一起。」

「大拓可探訪女兒。」

「一去整個下午，陪女兒看長篇卡通，妹妹最喜『黃色潛水艇』，多有文化。」

「我們的生活都進入軌道，再也不記得那失去一年。」

「就因生活平穩，我已叫小的追查那一年的去向。」

「力高，失去時光，不能回轉。」

「真氣激可是。」

「不過，讓小的在這種時候忙碌一下也是好事。」

「那錦瑟，就如此一走了之。」

圓周也覺蹊蹺，但一下子擱一邊。

大人不知時間去了何處，孩子們日長夜大。

文華這樣說：「屋裏沒有女人真爽快，我永遠不想結婚。」
圓周笑：「我也是女人，你不怕我麻煩。」
「你不同，你不抱怨，也不解釋。」
圓周端詳他：「你那雙濃密劍眉借我就好了，噫，上唇長出些少髫鬚。」
文華笑着躲開，他把創傷收藏得很好，這孩子。
圓周問力高：「許久沒見大拓，他可妥當。」
「即使是兄弟姐妹，也不能死釘着不讓呼吸，他每天到健身室，槍會不大去，嫌染火藥氣味。」
「噫，莫非有女伴。」
「精壯獨身男子，有女友也恰當。」
圓周唏噓，「恰和不知何處去，大拓依舊笑春風。」
「別忘記是恰和先甩掉大拓。」
圓周再不出聲。

「小的研究有進展，約我們週末在健身室開會，你必須出席。」

健身室變成朋友公社，孩子們一向視之為遊樂場。

圓周帶着兒子到場，文華立刻迎接。

職員笑着捧上飲品，把他們帶到兒童運動室。

圓周見力高的生意蒸蒸日上，不禁歡喜。

走近會議室，發覺已經齊人，小的站在黑板前指手畫腳，身旁有一高䠷漂亮年輕女子輔助，看到圓周，走向前，「是圓周姐吧，我叫樂健，是王的確同事，我在核子物理系任教。」

圓周訝異，王的確不是失戀嗎，約兩週前他才要死要活，今日又找到更高更強更健美的女伴。

圓周恍然若失，她所有憂慮均屬多餘。

小的在黑板上密密書寫公式理論，箭嘴指來指去，複雜之至，圓周看得頭痛，幸虧有冰凍長島冰茶解渴。

「大拓呢？」

力高指一指角落。

圓周走近一看，一張沙發正面對牢牆角，大拓睡在上頭，面孔也對牢角落，他已入睡，動也不動，顯然對小的理論不感興趣。

圓周問力高：「大小二人和好沒有。」

「佯裝看不見對方，也不對話。」

「像孩子一樣。」

這時，新女伴樂健站到黑板前，笑說：「別理王的確寫的字樣，他讓我簡單解釋研究結果。」

圓周喝一聲采，這位樂教授比錦瑟更為優秀，但是，錦瑟的無知迷糊及無所求無所欲氣質也難能可貴。

她坐在高欖上，「時間，真是世上最奇怪物質，無色無形無相，可是日出日落，我們知道它一天一天過去，而且永不回轉，我們不知如何分類，於是把它歸入物理系。」

力高看圓周一眼，圓周頷首。

能把那麼飄渺複雜的事如此簡單述出，真不簡單。

「科學家之中，研究時間最有心得者，當然是愛因斯坦，各位如對他的理論有興趣，請閱讀他的著作或查詢互聯網。」

「你們四人失去一年時間，它去了何處？我與物理系同事談論過，不，不是時間去了何處，而應該問問你們去了何處。」

力高站起來：「啊。」

圓周嘆氣，「原來如此，聽君一言，如醍醐灌頂。」

樂健微笑，露出雪白牙齒，甜蜜梨渦。

「大拓，醒醒。」

大拓打着輕微鼻鼾。

「大隊長如此機靈，他一早得到答案，別打擾他。」

樂教授聲音清脆悅耳，大家都緊緊被吸引。

她指向黑板，「政府一直與太空署以及歐盟物理社合作做實驗，市民若有疑心，一定宣佈是天象，或是某國航天儀導致，這些解釋，大可不理。」

王的確接上：「量子力學，專事研究分子可否同時在兩處空間出現，但十年八年下來，結論粗糙。」

樂教授與王的確相視而笑，如有默契。

「輪到我說，我有可靠資料，證實某年某月某日，某組織選擇在凌晨時分，在某國家公園，舉行一項測試。」

力高霍一聲站起，「我們四人剛在該處捉賊。」

樂教授臉容變得嚴肅，「是呀，你們撞上國防部最機密的測試。」

大拓醒了，他在沙發坐起，仍然面對角落。

樂教授說：「於是，你們的肉身即分子被轉移到另一地點即空間重新組合。如何發生，我不知道，我猜想該組工作人員也不知道，那可能純粹是一個錯誤，那處的三天時間約等於我們的一年。」

圓周不出聲，默默喝冰茶。

大拓輕輕說：「我們遇到的少女，是該處守閘員，即等於我們移民局把關員。」

樂教授問：「你也見到一個少女？在多次試驗中，不止你們被捲入旋渦，挪威有一老年農夫曾經在五年前說他也遇到一個美麗不說話可親少女，稍後他被送返農村，已過了半年。」

大拓震驚，不止他一人記得少女！

「我與小的猜想，這名可愛把關員，可能是機械人，也或許只是一個Avatar，並非該處生命真實面貌。」

力高大聲問：「那是何處？平行宇宙，抑或另一個星球？」

王的確說：「無論何處，他們的智慧與科學，肯定比我們高深。」

圓周微笑，「毫無疑問，毋須商榷，亦不用訝異，地球人類最最無能愚昧魯莽悲哀。」

樂教授說：「知彼知己，也不算太壞。」

大拓先笑。

樂教授心想：這名大隊長，笑時恁地好看，如烏雲散開，忽然露出金色陽光。

她怔一怔，說下去：「我與整系團隊商議，都覺得爛柯山與黃粱夢，都源起同一疑點。」

「嗚呼噫唏。」

「科學研究主旨是『大膽假設，逐步實驗，小心證實』，迄今許多現象都屬於不知道階段，大爆炸之後……」王的確滔滔不絕說下去。

樂教授問：「大隊長，你不相信。」

大拓答：「我不知道。」

力高問：「全身所有分子解散，又在另一處聚合，我們，還是從前那個人嗎？」

圓周立刻說：「啊，每個人都變了，大拓多愁善感，崇尚無為，力高精明能幹，生意成功，而我，心甘情願成為家庭奴隸。」

「人成熟了性格總有變化。」

「為什麼事後我們忘記所有？」

「他們不要你們記得。」

「啊哈，說了等於沒說。」

樂教授也笑，「我的確不知道。」

「為什麼只有大拓維持記憶，念念不忘少女。」

樂教授又答：「我不知道。」

大家又問：「你知道什麼？」

「只得一個含糊理論，這是政府不公佈消息的原因；因為不知道，免公眾恐慌，無心生活。」

這時一對孿生子嘭嘭嘭跑進，「不知道，不知道。」又呵呵笑着跑出去。

力高說：「我忽然覺累，倒是忘記的好，大拓，你怎麼看。」

大拓緩緩說：「那少女，是一個生命。」

圓周頓悟，大拓心中，一直有這麼一個人。

力高問：「你怎麼知道？」

「直覺。」

「你不知道，也許人家的高智慧機械人，像真度至高。」

大拓透露：「後來，我又回去過一次。」

樂教授說：「恕我多言，那就是你的幻覺了，你們已被遞解出境，此生此世，不能再度進入該國度。」

「你不知道。」

樂教授承認，「仍然不知道。」

王的確站立說：「散會。」

大拓出示紅色彈珠，「第二次走進茅舍，我沒見到少女，可是取回這枚彈子。」

力高告訴他，「這是文華幼時玩具之一，你一直與門匙一起放口袋裏。」

小的說：「你們面前有一份報告，假設六十年代，美國物理科學家曾將整座核潛艇尼米茲號轉移到二次大戰，同日本作戰，因此贏得太平洋戰爭。」

小的把帶來資料分給他們。

「許多日本居民當年發誓見到先進如天外來客般武器，所向披靡，戰情自此轉向。」

圓周說：「我還以為是兩枚核彈的緣故。」

樂教授輕輕說：「該份報告可取之處甚多。」

力高與圓周看着大拓。

大拓卻說：「有無可能與該名挪威農夫一談。」

「這又是另外一份詳盡報告，你可以鍵入——」

「我想親自約見。」
「該農夫已經於上年在奧斯陸年老病終。」
大拓無言，收拾文件，打算回家好好閱讀。
這時，樂教授在王的確耳邊說幾句。
小的走近，訕訕地說：「大拓，是我過火，反應欠成熟。」
大拓與他緊緊握手，不發一言，轉身離去。
小的徬徨，「他是什麼意思。」
圓周答：「兄弟始終是兄弟，但是，人與人之間還是客氣點好。」
小的氣餒，「大拓可接受這一項理論。」
力高答，「不好說，但是世上原有許多不可思議未能解答的怪事；像人為何變心，又人類可真有靈魂，我們一直活在未知之中。」
樂教授向手足們自我介紹，相處融洽。
那邊，大拓回家，做一壺咖啡，開始研究資料。

小的與他科學家同事真是高手，文字以報告形式寫成，清晰、詳盡、圖文並錄，紋路簡潔，完全客觀。

天色漸暗，大拓終於讀到挪威農夫薩斯格的訪問錄。

他是一個中年農夫，不多話，可是有問必答，毫無隱瞞。

記者：「人人都當你是囈語，或是當日拖拉機失事，你連人帶巨型機車墮入溝渠，險些活埋，獲救後產生的幻覺幻象，不是嗎？」

這名美籍記者的問題比農夫的答案還要長，他不是一個好記者。

「不，我真確清楚看見一間茅屋，我推開門走了進去。」

「看見什麼？」

「一座爐火，我立刻趨近取暖。」

「然後發生何事，為何你不覺恐慌，也不呼救，你不覺怪異？」

農夫很平靜，「一名少女走近，給我喝熱湯，替我敷傷。」

「什麼少女!?」

「長髮秀美，才十七八歲，溫和友善，但不説話，示意我躺下休息。」

「她是啞子？」

「我相信她只是不想説話。」

「喝何種樣湯。」

「挪威著名的鮭魚薯茸湯。」

看到該處，林大拓震驚，他原先以為少女純是他的少女，他是世上唯一知道及相信有該名少女存在的人。

但是不，一個農夫，大拓查證日期在若干年前，已經與少女會面，得到同樣待遇。

大隊長手足冰冷。

半晌，他訕笑自己：只有你？你倒想。

他躺沙發吁氣，四肢稍微回暖。

報告裏還附有少女圖像與茅屋圖則，與大拓所繪，幾乎十足相似，註明：據當事人薩斯格口述形容應警方畫師所繪。

正如王的確猜測，少女是把關員，負責將不及格闖關客遣返。

這時，文華回家，乖巧的他放下書包趕功課，並不打擾父親，隨後，做三文治一人一份。

大拓整晚沉思。

農夫沒有述及在茅屋過夜，他力氣恢復衣物烘乾之後，少女便送他離去。

他記得天色已暗，並且下雪，但是，卻看到模糊月色照明，天象怪異，但不覺害怕。

少女用馬拖車送他，他還指點少女正確駕馭方式。

最後，少女請他下車，叫他回家。

他問：「姑娘你叫什麼名字？」

少女笑而不答。

農夫說：「她與我少年時愛慕的女郎長得十分相似。」

農夫就如此走出生天，回到家中，到處把奇遇告訴每個親友，一時頗為轟動。隨着日子，新聞漸漸淡褪，並且有人肯定，農夫喝多幾杯，跌落溝渠，之後，異想天開。

農夫沒有提及與少女有任何肢體接觸。

林大拓清晰記得，少女有極其好奇晶亮眼神，趁他熟睡，輕輕溫柔撫摸他的鬍臉。

農夫說得對，真像少年時第一個女友，卻在他身上探索男女肢體相異之處。可愛、羞怯、柔情地觸摸。

他閉上雙眼。

不知不覺，睡了過去。

忽然之間，有一隻小小的手，撫摸他已長出鬚髭，誰，是什麼人。

「爸爸。」她在他耳邊摩挲。

是他的寶貝女兒。

坐在對面的是莊生。

她像是剛下班，穿着整齊西服。

大拓連忙坐好，揉揉臉，「你怎麼來了？」

「我有話說。」

文華抱起妹妹走到臥室，讓大人對話。

大拓只得搭訕，「妹妹越發似糯米糰。」

莊生忽然說：「大拓，回家來，再給我倆一個機會。」

大拓一怔，不出聲。

「你可有想念我們母女？」

男人最怕這種問題。

莊生再問：「你可考慮回家？」

由她提問，一定沉思熟慮，並且放下面子架子，是一項犧牲。

大拓鄭重蹲在前妻面前，「莊生，我永遠敬重你。」

「那麼——」

「我已屆中年，幹一份沒有升職或前程工作，收入有限，而且太多旁騖，從來不是好丈夫。」

「我想念你，大拓。」

「我與你齟齬甚多。」

「你沒有打算回來。」

「請恕我直言，我配不上你。」

莊生答：「社會風氣轉移，再也不是女方貪慕虛榮，而是男方不再高攀，這樣，叫前妻心裏舒服些。」

「我說的是實話，請包涵體諒。」

「妹妹呢？」

「妹妹可以自由往來，你若再婚，有不方便之處，妹妹可到這裏住。」

「文華呢？」

「再過三兩年，文華將出去寄宿，男兒志在四方。」

「你呢？」

「我將漫無目的享受生活。」

「他們說你還在追究那間茅舍的事。」

「不了，」大拓啞然失笑，「原來那是我的癡心妄想。」

「大拓，我再懇求你回家。」

林大拓再次婉拒，「我目前十分優悠，不作他想。」

這些話，文華都聽見，少年的他鬆口氣。

莊生說：「我很少求人。」

「我知道，恐怕是第一次吧。」

莊生低聲：「隨時歡迎你回家。」

大拓抱起妹妹，把臉貼着女兒小面孔，依偎良久，「爸爸」，妹妹搭住他肩膀。

但是，復合不可能有幸福，彼時導致分手的原因，統統不變，仍然擺在那裏，再回去，不但重新浮現，而且變本加厲。

大拓送莊生到門口。

他不知說什麼才好，「有空來坐。」

莊生換了一輛光鮮房車，載着女兒離去。

文華站父親身後，大拓一轉頭，發覺兒子已到他肩膀那般高。

他把文華摟緊緊。

過幾天，小的帶樂教授到圓周家吃飯。

樂教授帶着糖果與蛋糕，還有圓周最喜歡的一株梔子花。

「百忙中還要你準備吃的，真不好意思。」

「日式豬扒飯與一味蔬菜湯而已。」

小的不經意提起，「樂健與我打算結婚。」

圓周一怔，有點意外，這麼快。

「再拖下去，快到三十，轉眼四十，不難五十，一生也就完結。」

做法樂觀，說法悲觀。

「都準備好了？」

「與錦瑟在一起，就有點儲蓄，我沒有什麼花錢之處，煙酒賭全不來，又不喜名牌跑車衣飾，正好用來置房產成家。」

圓周點頭，一班人之中，原來是大隊長最無打算。

「求婚沒有。」

「連戒指都現成。」他取出讓圓姐看。

「嘩，巨鑽。」

小的靦覥，這些，都為另一個女子準備，但未能開花結果。

「你與樂教授，一定可以白頭偕老。」

小的回答：「我也這樣想，我們沒有理由不相愛。」

科學有科學的明澄爽朗。

「據説大拓精神漸佳，而且願意走訪心理醫生，獨身生活適合他。」

「小的，多謝你幫忙。」

「整組人有功勞。」

圓周説：「大隊長如此聰敏，他可會拆穿我們？」

「君子可以欺其方。」

「不過，核潛艇尼米茲號在時空之間穿梭可能確有其事。」

圓周笑：「挪威農夫故事，虧你想得出。」

小的回答：「我並不以此為榮，不過想杜絕大拓對少女癡念：農夫都見過，他就不再稀罕。」

「可憐的大拓，小的，你説故事演技一流。」

「一位名作家説，故事中，成份必須半真半假，才能引人入勝，全真，變呆板，全假，虛無飄渺。」

與樂教授相處的他，漸趨成熟。

「這件事大家要嚴守秘密。」

圓周兩個兒子走近，嘻嘻笑，「秘密秘密。」

「大兒小兒，在幼兒班發展如何。」

「兄弟不同班，全部包尾。」

「什麼，那麼聰明的你倆，孩子怎會名落孫山。」

「正是，老師說他倆不與同學講話，而他倆的獨家對白，小同學全聽不懂。」

「噫，校方不識寶。」

圓周不經意，「我也這麼想，慢慢來，不急，終有一日，他們會欣賞兩兄弟，若不，我也不在乎。」

小的豎起拇指，「不愧是圓姐。」

樂教授不出聲，她暫時未考慮到生兒育女，自身也不知道如何教育培養子女。

「如何處理婚禮？」

兩人異口同聲：「越簡單越好。」志同道合。

圓周自然替他們高興。

小的徹底，甚至不想打擾手足，只邀請系主任做證，力高十分生氣。

「低調與不近人情有極大距離。」

結果一夥人還是出席觀禮。

婚禮在大學堂圖書館舉行，正溫習中的學生成為最佳見證。

林氏父子鄭重穿上西服觀禮，英俊瀟灑。

力高與時髦美艷妻子站頭排。

圓周夫婦到處追着孿生子跑。

莊生送上重禮，那是新居客堂整套傢具，但是與妹妹卻沒有出席。

眾人都有點感慨。

原先以為是錦瑟，花上極大力氣企圖與任性少女磨合。

但是不，新娘子是一位教授，年紀比王的確略大，但看上去相當匹配。

禮成後在王家新居享用茶點。

文華笑說：「樂教授應允替我補習物理科牽涉的數學。」

圓周不解，「樂女士，令堂吃什麼，生下你這個天才女。」

樂健笑得翻倒，「不敢不敢。」

大拓說：「大家厚愛文華，感激之至。」

看得出他漸漸走出深潭。

這時力高把孿生子一左一右托上肩膀，表演大力士。

圓周出奇想念美麗活潑的錦瑟。

她此刻身在何處？

在歐洲何國留學，抑或遊學？

她可有想起他們這一組人？

她會否後悔離開王的確？

或許，她已找到新的對象。

她們年輕一代，想法完全不同。

終於，妹妹也來了，由保母抱着送到門口，莊生推託有事不想喝茶，大家也不勉強。

小小女孩到處找爸爸，坐到父親膝上吃冰淇淋。

因為長得醜，妹妹出奇可愛，小眼睛小鼻子像一種趣怪洋娃娃。

小組成員日漸膨脹，離開沉重警隊後都找到自己位置。

「給圓姐一些掌聲，她明年法科畢業。」

大拓第一個站立，教女兒鼓掌。

他向力高說：「我想請三日假往蘇格蘭看風景。」

力高立刻問：「可是與女友同往？我送飛機票。」

大拓微笑轉頭。

力高適可而止。

他把孿生子一左一右用手舉起放下如舉啞鈴。

有力高在事事熱鬧。

大拓並非一個人獨往英倫三島，他帶着文華。

文華頭次乘搭長途飛機，不但不累，還相當興奮。

大拓說：「你多留意環境，喜歡與否，盡量說明。」

文華一時不知把英倫與哪一個國家比較，但把父親的話默記在心。

自幼顛沛流離少年不覺離家有何傷感。

飛機一過英法海峽便已陰雨大霧，據說這是二次大戰希特拉轟炸飛機視線受阻，炸不沉倫敦原因。

天氣比預料寒冷，父子連忙添上毛衣。

他們住在小旅舍，白天吃過油膩早餐便四處旅遊，遠至劍橋牛津，看到偉大的牛頓在走廊扶手上刻下的姓名，自然也少不了大英博物館內巧取豪奪得來的藏品。

大拓問文華管中窺豹感覺。

「啊，」文華答：「遊客絕對不會失望。」那即是婉轉地說，他不會選擇在該處十年寒窗。

「是天氣欠佳吧。」

「是英國人冷漠。」

文華已習慣阿叔阿姨的熱誠。

「不急，明年與你到北美洲觀光。」

「昨日美副總統對年輕人說：不一定要借貸讀大學，學一門手藝像做鉛匠也是出路。」

「你聽他的，他兒子才不會做藍領。」

文華也笑。

與父親單獨相處十分難得，他覺得溫馨。

乘火車北上蘇格蘭，沿途鄉鎮風景叫他驚喜，「有陽光！」他說。

到達一個叫愛丁堡的城市，下車，正整頓行李，文華意外看到熟悉的人影。

那是一個年輕女子，飛身撲到他父親身上親吻，停睛一看，原來是錦瑟，這些日子不見，她胖了些，照樣明媚活潑歡欣，大聲招呼：「過來，文華，group hug」，三人擁一起。

文華刹時明白父親這次到這遙遠地方，很可能只是為着探訪錦瑟，而她，一直在異鄉等他。

錦瑟仍然一口美國口音，幫他們找旅館落腳，她一直依偎在大拓身邊。

文華看到父親眷戀眼神，頗為納罕，成年人竟那樣容易愛上一個人，不可思議，但又替父親高興，他又打算開始新生活。

錦瑟問文華：「可喜英倫？」

「你呢。」

錦瑟笑嘻嘻，「那可要看同誰在一起了。」

文華想：父親聽見一定喜歡。

轉頭看他，他卻正凝神看藍天白雲，抑鬱如故。

文華把旅遊照傳給遠方圓姨。

圓周歡喜，「並不像其他孩子轉頭就忘記舊友。」

力高說：「早已過三天，還不回轉。」

噫，圓周看到疑點。

「誰替他們拍這張照片。」

「另外一個遊客吧。」

拍攝師上半身影子清晰可見，「你看。」

力高取過相看。

是一個高䠷少女，長髮飄揚，是他們熟悉人物。

力高跌坐，「我至今才完全明白，這林大拓！」

「如此狡黠。」

「不愧是我們大哥，他與錦瑟，由頭到尾沒有分手，大演障眼法，把我們瞞

在鼓中。」

「他是讓小的落台。」

「他猜到小的一下子就會另結新歡。」

「男人！」

力高笑：「什麼都在大拓心胸之中。」

「只除出他自己，我不看好這一對。」

力高不出聲。

「他倆可會結伴回來？」

「我想還要隔一些日子，待小的完全忘卻。」

「不必，看樣子小的已完全把前事丟腦後。」

「小的原是天才兒。」

「我仍不看好他們二人。」

在彼岸，大拓與錦瑟並肩坐草地看風景，文華一人參加車團觀賞著名古堡。

林大拓躺在草坡，渴睡。
「我還得等多久？」
大拓輕輕說：「我永遠不會再婚。」
「這是什麼話？」
「實話。」
錦瑟卻不覺反感，她坐到大拓身上大力搓揉他面孔，不由大拓不笑。
「我想念家人，我跟你回去。」
「學業呢。」
「誰也不會在乎旁聽生退學。」
「這半年，學到什麼？」
「家裏最好，舊時朋友最親，我與此間學生格格不入，他們都還似孩子。」
「而你，已經長大。」
「當然，」錦瑟凝視他，「你這次見我，帶着文華，我就知道你特地來與我分手。」

大拓一怔，他那彎彎曲曲做法竟被錦瑟一看看穿。

錦瑟說：「當然比一封電郵一個電話尊重得多，但殺傷力更強。」

大拓雙手插口袋，錦瑟一天比一天聰明。

「當然你會說，女孩，這是為你好，你還年輕，過幾天沒事，王的確是個最佳例子，唰一聲痊癒，忘記搥胸頓足之事。」

大拓訝異，這口角多麼像莊生，錦瑟不再是小糊塗，她看得穿他，她不滿成年人輕率的轉向，她與大拓算賬。

但她很快恢復本色，「不要緊，我也猜到這樣的結果，不過，沒想到這麼快。」

這時文華揚手奔近，「父親！」

文華救亡，這是他父親把他帶身邊原因。

文華興奮匯報各座古堡趣事：「有堡主無法維持開銷維修，開設家居供遊客參觀，貴族夫婦親身招待客人用餐，身上穿圍裙，胸前標誌『公爵』與『公爵夫人』字樣，哈哈哈。」

「這叫大丈夫能屈能伸。」

有小青年走近招徠生意，「你們是遊客吧，可要坐馬車到附近因浮內斯村莊觀光，每人三十鎊，這樣吧，三位收八十，今天有陽光，多難得。」

大拓遲疑，一看文華，蠢蠢欲動，他示意兒子上車。

大拓這才發覺，鄉村馬車恁地眼熟，啊，他乘過這種車子。

文華跳上馬車坐前座。

大拓與錦瑟陪文華走一趟。

小青年導遊說：「那條村特為遊客所設，扮演十八世紀末期農莊生活。」

馬車慢慢走進小路，大拓看到橡樹，啊樹葉已落大半，他寒毛豎起，這條路，再熟悉不過，夢中不知到過多少次。

文華歡喜，「像一個主題公園。」

不久，走進村莊，兩旁有民居與店舖，路人與服務員均穿古裝，遊客數目不少。

他們的導遊介紹，「那邊有半寶石首飾出售，你們可要看一下。」

文華說：「我要送手信給圓姨。」

他們走下馬車。

林大拓如被磁石吸引，走入店內，這間茅舍，似曾相識。

小導遊是熟人，揚聲：「這一家三口是我朋友，請予優惠折扣。」

朋友遍天下，原來是這個意思。

文華樂了，「錦瑟，請幫我挑禮物。」

這時，一名店員捧出銀製首飾，任客人挑選。

文華趨前。

少女，是一個少女，長髮梳成辮子結在腦後，身穿古式布裙，小臉似白玉一般，輕盈微笑，招呼遊客。

大拓不能動彈。

少女只得十五六歲，比錦瑟小一截，較文華大一點。

再像沒有了。

林大拓想也沒想到與她在遊客勝地偶遇，他身不由主踏前一步。

聽見文華問：「你們可有仿製阿瑟王那把寶劍？」

少女輕笑，「哈哈哈，阿瑟王並非蘇格蘭裔。」

她會說話，語音清脆，不帶土著口音。

見林大拓站一邊，向他點頭，「你好，Sir，這邊有薊花形胸針，正好買給太太做禮物。」

她把他當前輩，上一代人。

他有點尷尬，唉，這是人類通病：心靈永不跟隨年齡，他一時不察，忘記中年。

他隨便挑幾件。

忽然看見盤子角落有一顆血紅玻璃彈子，當寶貝那樣拾起。

少女說：「咦，這顆紅珠，從何處落下？送給你們吧。」

都齊全了，茅舍、少女、彈珠……

錦瑟豪爽取出信用卡結賬。

文華推父親一下。

大拓連忙說：「我來。」

他們還替妹妹挑一件小小打褶花邊布裙及帽子。

小導遊有佣金可收，高興得不得了，買來熱可可請客。

少女送客到門口，鞠躬。

大拓忍不住問：「請問芳名。」

「我叫哀樂綺思，請多多指教。」

小導遊說：「晚上見你。」

噫，看樣子是他女朋友。

這小子十七八歲，長得粗糙，紅髮凌亂，淡淡藍綠色眼睛，臉頰全是雀斑，但，女友是白玉一般美人兒。

「我載你們出去。」

錦瑟付他慷慨小費，他高興道謝。

林大拓說不出話，靜默回到旅舍。

他苦澀自嘲：「我的夢，原來在一條遊客村可以找到。」

大拓笑得似咳嗽一般。

文華臉頰曬得紅咚咚，「我去找吃的。」

錦瑟喊：「三塊炸鮭魚薯條。」

大拓輕輕說：「我們父子今晚回轉。」

「這樣說再見，倒也文明。」

「我只想盡量做得好一點。」

「這是一件無論如何做不妥的事，不過你是高手，你經驗豐富。」

「日後你會感激我。」

「哼。」

「剛才那小導遊，把你與文華當我子女，一家三口，他說，你想想，再過十年，會是什麼樣子。你想旅遊跳舞與朋友歡聚，我只想在家與妹妹下棋或做填字遊戲，一年，給你一年，必叫救命。」

錦瑟笑得翻倒，一絲悲切意思也無。

她緊緊擁抱大拓，「真捨不得。」

他也是，只不好說出口。

他心酸把下巴擱錦瑟頭頂，「別浪費寶貴時間，勤奮讀書，與匹配的男子戀愛。」

這時錦瑟嘩一聲哭出來。

林大拓倦得不能再倦，靠在床角輕拍錦瑟肩膀。

最最最年輕少年時，像文華，他三日睡兩晚足夠，只得三五小時也無所謂，進入警隊，廿歲出頭，精神奕奕，最早上班，最遲落更，上司稱讚：「單看大拓那雙晶光燦爛眼睛已夠士氣。」

今日，他只想打個盹，不是不想醒轉，到底還要照顧文華與妹妹，但，已不介意多睡一回。

文華進來說：「六時火車。」

一包炸魚薯條已經冷卻，不見錦瑟。

「錦瑟已經與朋友結伴往倫敦。」

「什麼朋友。」

「好些年輕男女同學。」

文華收拾衣物，大拓起身幫他。

「我還以為錦瑟會與我們一起回家。」

大拓不出聲。

「我以為你倆會得結婚。」

「還結婚!?」

文華也笑，「那樣，只得你與我了，父親。」

半晌，文華添一句：「父親，我只想你快樂，你開心，我也高興。」

大拓再也說不出話。

文華回到家，與阿叔阿姨有說不完話題。

他給兩個弟弟帶回兩把小小仿造寶劍，弟弟們立刻比試起來。

圓姨把文華講話精華記錄。

「不大喜歡英倫」，「是，想看看北美」，「可要進名校」，「父親說我們不追求那些」，「英倫可有美女」，「她們不如想像中漂亮，但態度可愛」。

圓姨哈哈大笑，「歸根究柢，是你們少年的世界。」

「北美呢，北美女生可漂亮。」

「明年你父親會帶你觀光。」

圓周趁空檔輕輕問大拓：「錦瑟呢。」

「什麼都瞞不過你的法眼。」

「還以為你倆也會結婚。」

「她有她前途，女孩子只得那麼幾年好時光，過了廿五六，好算大姐。」

「這話多封建，我算什麼？」

大弟忽然走近，笑嘻嘻如此說：「老婆婆。」

圓周氣得翻倒。

回到健身室，力高最開心，「好了好了，回來了。」

他與大拓二人示範攀石牆，四周立時圍滿觀眾，有些是會員，有些純來觀光，看兩名英偉男子凝神利用強健四肢往高處攀爬，他倆只穿背心，肌肉賁起，女生讚嘆真漂亮，醉翁之意。

結果力高比大拓快數秒鐘抵壘。

觀眾鼓掌，「吊環示範」，要他們再作比試。

力高笑說：「下次下次。」

大拓也笑，一邊拭汗，「老了。」

「不要叫他，他會來得快。」

那邊，文華一骨碌已經爬上半邊牆。

「你精神不錯。」

「晚上總算可以睡上五六小時。」

「經過那麼多，也難為你。」

大拓正要離去，被力高叫住。

「大拓，槍擊總會要看你心理評估報告。」

啊，是，攜槍者必須身心健康。

「到心理醫生處走幾趟，應酬他們。」

大拓實在不欲難為力高，他如此奮力創業，成績有目共睹，必須鼓勵。

「一定。」

「槍會有指定醫生。」

他把名片遞給大拓。

「我替你約時間。」

大拓到莊生處接妹妹，沒想到女主人在家。

妹妹蹣跚奔出，「爸爸」，摔倒在地。

「不要扶她，她自己會爬起。」

大拓答：「說是這麼說，所有運動教練都指出：第一步要學的，是摔倒爬起。」

他扶起女兒，放到肩上坐好，然後他也坐下喝茶吃點心，「妹妹，你是爸爸的心上人。」

莊生改了髮型，最近新流行齊耳短髮，健身院女賓十個九個做此髮式，大拓並不覺美觀，流行這件事，真難說。

「可有人追求。」

莊生答：「你口氣像一個父親。」

大拓也尷尬，「動物園添了兩隻老虎，我想帶妹妹以及圓周兩個孩子參觀。」

「買了門票沒有，人龍很長呢。」

大拓笑，「你一定有辦法。」

結果連家長共八張票，力高開麵包車管接送。

孩子們興奮之極，妹妹騎文華肩上沒下來過，大哥解釋：「小虎也是貓科，十天之內，像小貓般可愛，過了這段時間，兇猛因子發作。」

一邊，莊生與圓周閒聊。

「有沒有人追求閣下？」

「都關心這問題。」

「有也是好事。」

「大拓之後，看不上別人。」

「你看你，可是懊悔？」

莊生不作聲。

「你要愛屋及烏。」

莊生答：「我不是不喜歡文華，再沒有比他更識趣懂事的孩子。」

一說到文華識事務懂面色，圓周心酸，孩子們總應任性直率，有事無事都喧鬧一番才是。

「你看不出嗎？圓周，大拓不愛我。」

圓周吁氣，「你要求甚高。」

「我們這一代女子，努力工作，養活自身，衣食住行，老年醫療退休，都全靠雙手，只有一點點希望，有人愛我。」

「他不是不愛你。」

「愛別人更多。」

「文華是他兒子。」

「不是文華。」

圓周不信，「大隊長另外有人？」

莊生不出聲。

「我不相信，大隊長不是那樣的人，當初我也疑是錦瑟，但事實證明不是她。」

妹妹被兩個小哥哥追趕，搖搖晃晃跑近，張開胖手，被母親一把抱住，幼兒呵呵笑。

圓周有感：「上一次你我打心裏笑出是什麼時候？」

莊生答：「我在警署辦公，我不可以笑。」

看完獅子老虎，又吃了漢堡薯條，打道回家。

文華說：「妹妹重了許多。」

他一貫自發自覺，整理書包寫功課。

大拓翻一翻他的功課，全部成績優異，老師讚不絕口，在卷末批着：「文華！你的意見明顯超卓，方向準確！」原來是一篇反對食用魚翅報告。

過幾天，大拓見指定心理醫生。

都會一般心理醫生事務所多數設在大廈某單位，方便病人開完會隨時到訪，這一間醫務所卻在近郊，停好車子，還得步行數分鐘。

他按鈴。

看護應門，「是林大拓先生吧。」迎他入內。

客廳只得一張桌子，坐着接待員。

看護帶他進一間房間，「請稍候，醫生很快到。」

他看到一張黑皮長臥椅，這一定是為他所設，但大拓選另一張沙發坐下。

醫生進來。

大拓抬頭一看，噫，這麼年輕，好一張明媚小圓臉，烏髮束在腦後，穿淡灰色套裝與平跟鞋，輕輕說：「大隊長，你好，叫我名字即可。」

名片上的名字是桑子，一聲大隊長，表示他的事，醫生已知大概。

接待員拿進一壺咖啡放下。

「你可以坐得舒服些。」

「這張沙發在叫我名字。」

「那麼，躺下又如何。」

大拓立刻從命，舒服躺下。

「最近看些什麼書？」

「約克與豆莖，考利弗與小人國。」都讀給妹妹聽。

「睡眠可有困難？」

「不大睡得着。」

「可有做夢？」

「最近少許多。」

「之前，可有重複的夢？」

「一個女子，在某處等我。」

「這個夢，從什麼時候開始——」

大拓忽然倦得不能說話，他「啊」一聲吨着。

一個男人，大訴衷情，告訴陌生人，他有夢，夢中有人……多麼難為情，怎麼說得出口。

他沉沉睡去。

醒轉，該室只得他一個人，胸前蓋着小小毛毯。

噫，可是沒做夢。

醫生不在室內，窗外有植物飄進窗框，一看，不禁微笑，是久違了的含羞草，他不由得像小時候那般，伸出手指觸摸，果然，小小羽狀草葉即時合攏。

他愉快地推門出去。

看護微笑，「這是醫生配給你的藥，這是下次診見時間。」

大拓道謝離去。

半途，他往書店，問服務員：「有今年諾獎文學科得主著作？」

「今年的已售罄，去年的可適用？」

「也可以，真的，不知多久沒讀書，不折不扣變粗人。」

回到家，讀一半，咚一聲又睡着。

文華放學，請父親幫忙做火山模型，指定是夏威夷基羅威亞火山。

父子找資料忙到晚飯時間，才返回健身院。

力高說：「做了一鍋咖喱雞，快來吃。」

大拓笑：「像鄉間三代同堂，兄弟都住一間大屋下生活。」

「我最喜歡這種熱鬧馬戲班大雜院生活，可惜此刻都是獨門獨戶小家庭，沒意思，不夠熱鬧。」

「為何不見小的？」

「人家新婚。」

「小的不是仍有芥蒂吧。」

「他？這裏唯一懂得惆悵的只有林大隊長。」

力高忙着招呼下班趕來健身人客。

第二次約見醫生。

桑醫生穿白襯衫深色長褲平跟鞋。

大拓努力睜大雙眼。

有備而來，醫生卻沒問他最近看什麼書。

「你是槍會主管，有何心得？」

「槍會射擊是一種運動，警員則用槍制暴。」

「你可用到槍械？」

「我屬重案組，曾多次開槍制服疑犯。」

「可有內疚？」

「每次均需見心理醫生。」

「你可有與醫生合作？」

「不比今次，我不發一言，亦拒絕服藥。」

「何故？」

「逼不得已，事在必行，無話可說。」
醫生吁一口氣，「今日為何有問必答？」
「我已明白事理，放下身段。」
「那麼，將你的困惑從頭說起。」
「那需要六十小時。」
「我們有六十小時。」
「那麼，自我是領養兒說起。」
「啊，我也是領養兒，我原籍韓國。」
大拓意外，「我也無華裔血統，我實是美日混血，養父姓林，自小讓我學中文。」
「他們可善待你？」
「視為己出，不幸數年前病故。」
「請繼續講下去。」

「我並非一個優秀說故事的人。」

「我會得整理情節。」

開了頭就容易，一向沉默寡言的林大拓，把不曾向兩任妻子、三名好友提及的心事，全向桑醫生透露，一般人敘事都略為意識流，林大拓也不例外。

會診時間到了，他還才說到小學：「我憎恨陳細文，他會得背唐詩宋詞，他放學由司機接走，他喜歡乒乓，會替女老師拉門，我從來未曾那樣討厭一個人。」

他巴不得下次再來傾訴。

這些苦楚記憶，原來從未忘記，深埋心中。說出之後，又不覺有何可恨，有何可憎。

第十節之後，才說到那次四人一起遭遇意外。

他的聲音開始低沉。

力高問：「你怎麼還沒見完桑醫？」

「我有話說。」

「啊，沒有別的？」

「我專心朝光明之路。」

接着大拓忽然轉變話題，說到他兩次婚姻，「我幾乎是結婚專家，虧欠兩任妻子，特別是文華的母親，我應當理解她的困境。」

桑醫不說話，別人家事，連心理醫生也不方便置評。

「夢見她，每次她都還是少女，神情歡欣，並無怨懟之意。」

陽光普照，他倆把會診移到戶外，坐藤椅上說話。

大拓發覺草圃裏還有捕蠅草，它又名維納斯陷阱，一隻小小黃蜂飛近停在肉質葉子邊，它輕輕合攏，把昆蟲關牢。

醫生說：「我叫人挖一株給你帶回去。」

「小兒文華會有興趣。」

「都會長大的孩子，許多沒見過真的牛羊。」

大拓苦笑，「也全無四季，整年只見灰色污染天空。」

不一會，時間又到。

大拓忽然說：「每次與伴侶分手，都得重新整理生活方式與習慣，從前累積的經驗，全盤放棄，不但家居，連家務助理也更新，像再世為人。」

「輪迴。」

「什麼。」

說得太好。

「有人像服過一種藥物，叫他統共忘記前塵往事，像全部沒有發生過，有人沒那麼幸運，細節銘記在心，有空取出咀嚼一番，異常痛苦。記憶時時有錯誤，並不可靠，但重複次數一多，連本人都混淆，信以為真。多年來，一個友人堅持我曾到過他家聊天喝茶，但我肯定沒有此事。」

大拓說：「我知你意思，但她的手真的觸摸我腮，這樣，」他握醫生右手碰到腮邊，「她彷彿在細看我的鬍髭。」

醫生輕輕縮回手。

大拓說：「對不起。」

「今天到此為止。」

「醫生，請照我實況寫報告。」

林大拓道別。

園工走近，給他小小兩款盆栽，一盆含羞草，另一盆捕蠅草。

文華比收到最新電子遊戲還高興。

不久檜會收到桑醫生報告：「診者林大拓一切正常。」

力高放下心頭一塊大石。

醫生加一行註腳：「都會居民情緒略為抑鬱，並非罕見。」

這一段獨身日子，大拓過得相當適意。

他對桑醫生好感，他知道規矩，報告出來後個多月，他才與她接觸。

診所看護警惕，「可是不適？」

「不，是私事。」

看護明白，接給醫生。

醫生到底是醫生，輕輕問：「可有繼續服藥？」

「如果願意，出來喝一杯咖啡。」

醫生想一想，「我願意接受。」

「我來接你。」

看護在傍晚看着大隊長接走醫生，她咕噥：「我就知道他長得稍為太漂亮一點。」

醫生說：「欣喜看到你精神上佳。」

大拓笑而不語。

「兩款盆栽可好。」

「文華在互聯網上找到養植良方，他們欣欣向榮。」

「如今一代什麼都用互聯網。」

大拓清心直說：「父母還是無可取替……我們付出零用。」

醫生微笑。

「醫生藝高人膽大，居然與結過兩次婚有兩個孩子的男子約會。」

「這是約會嗎？」

「我希望可以把你的手再放在我腮邊。」

桑子發怔，沒想到大隊長會說調皮話，轉頭看他，神情無異，他雙耳燒得透明，噫，這結過兩次婚的男子並沒有老皮老肉。

醫生也不弱，「呵，事先張揚警告。」

隊長帶醫生吃小碗台式擔擔麵，一碗只三口，大拓一人吃三碗。

醫生一向只吃蔬菜汁白切肉，沒想到一碗麵可調烹得如此美味，嗯嗯連聲，顧不得地方簡約，只坐長櫈。

大拓改變作風，並沒帶桑子見一班損友，免得數代同堂人多口雜。

兩人都有工作，不定期約會，第三次，桑子才把手碰到大拓腮邊。

大拓欣喜，寂寞的他彷彿又活轉。

生活中也有其他事，像文華與同學打架，對手高而胖，時在操場挑釁鬧事，文華在健身院長大，豈會怕他，施出詠春招數把大塊頭手臂一帶，丟到老遠，摔倒在地。

文華被罰停課一日。

大拓忘記接他，文華獨自回家，以為父親氣惱，但是，大拓忘記的瑣事漸多，房車停在操場哪一角，找半日不獲，文華提醒他，車子在鄰街。

林大拓不動聲色。

健身室年終分紅，收到支票，大拓兑現款封紅包，發給員工，可是記不清他們名字，大拓有點警惕。

這是退化現象，後果堪虞。

像所有初發健忘病者，他盡量逃避，不去處理，他忘記關水龍頭，戶口密碼，造成不便，他仍不發一言。

也有折衷辦法：把事情寫在小字條上，貼電腦邊。

學校的事，文華幫他記錄，多次提醒。

他安慰自己：記憶不必太好，夠用即行。

每次他見到桑子，都十分高興，他沒向她透露記憶日差，不想增加她負擔。

與女友在一起，最要緊開心。

兩人都知道對方已沒有約會其他異性，專注一人。

那一天是力高生日，大拓遲到。

圓周問文華：「你父近日比較忙碌，有什麼事？」

本來，在孩子口中套話殊不公平，但她與文華關係一向好比母子。

「他不說。」

「可是有女伴？」

文華笑，「他沒提過，也不見人。」

圓周納罕，「也不帶給我們看看。」

大拓趕至，在樓下碰到一個女子，她朝他點頭，他只得報以微笑，兩人乘同一部升降機。

忽然女子說：「力高生意越做越大，叫人歡喜。」

這時，大拓覺得女子臉熟，長得秀麗，但雙眼有精悍之意。

大拓唯唯諾諾，不好搭嘴。

「他們是替我倆製造機會呢，」女子微笑，「我不怕尷尬，你呢？」

大拓怔住。

正在這一刻，升降機門打開，有人叫女子：「莊生到了，咦，與大拓一起。」

莊生！

大拓這一驚非同小可，女子叫莊生，這不是他前妻的名字嗎！

他背脊出汗，放下禮物，站在一角，喝半杯香檳，把文華找來叮囑幾句，他自後門溜走。

冷風一吹，他打個顫，用電話找到桑子，「可以見你否？」

桑子聽到他語氣不安，「沒問題。」

「我到你家説話。」

見面，大拓把剛才的事告訴醫生，記憶不濟，已非一日兩日，但連前妻都不認得，情況嚴重。

——「要他們叫出她名字，我才醒悟。」

桑子輕輕説：「明日去照磁力共振掃描。」

大拓説：「看來這是愛茲咸馬症候，終於，連自己是誰也不記得。」

「你且喝杯熱可可休息。」

大拓既驚且怒，在桑子安撫下盹着。

醫生有醫生做法，她在飲料中添了些藥。

大拓手電不住顫動，桑子一看，是他朋友力高追蹤。

接着，桑子聯絡她相熟腦科醫生，明日帶大拓會診。

腦部退化，專家不難在掃描上看到。

這可憐男子經歷那麼多，如今，思維記憶真正出了毛病。

半晌大拓驚醒，看到桑子在電腦前搜集資料，他獃半晌，「打擾你了。」他說，穿上外套，準備離去。

「你往何處？」

「我記得女兒叫妹妹，我去看她。」

「明早我來接你看腦科。」

妹妹當然在前妻莊生家，他乘計程車到附近，司機說「到了」，叫他下車，他記得約莫是這一區，可是哪座哪號，卻已忘卻，他大聲急叫：「妹妹，妹妹」，所有電話不通，求助無門。

不得要領，只得回自己家，可是，一直走，不見舊宅影蹤，到公路車站排隊，人山人海，陌生人告訴他：「這個站的車子不往你家。」

他六神無主，在車站兜轉，渾身大汗，忽然跌倒，撞痛額角。

桑子扶起他，「你醒了。」

原來都是噩夢。

他把桑子擁懷中，「對不起，我又負累一個女子。」

「去，淋浴，我們見醫生。」

林大拓憔悴地梳洗更衣出門。

桑子撫摸他潤濕頭髮，他略覺安慰。

在緊要關頭，總有同情他的好女子出手相助。

醫護所都是桑子熟人，替林大拓準備照映象。

主診醫生說：「當事人十分英俊。」

桑子說：「請專心操作。」

林大拓像標本似被送進照映隧道，另一護理員說：「身段再標準沒有」，然後，照到某部位，「嘩英偉」，桑子啼笑皆非。

醫生把林大拓腦部映象逐格放大，轉載電腦。

「表面看，絲微毛病也無，每個部位均正常，其餘，三日後可給你報告。」

「為何他會失憶。」

「桑，你是心理科，你應當比我們清楚，一個人的記憶是十分奇妙的事，有人選擇性忘記一些事，並不妨礙生活，也不影響健康。」

「他忘記前妻。」

主診醫生嘆口氣，「我也想忘記前妻，以及一對只曉得問要錢的忤逆子女。」

「無可解釋？」

「全世界醫學界對人腦可說一無所知。」

主診醫生又多嘴，「忘記前頭人，對你有益呀，免得牽絲攀藤。」

桑子沒好氣，「師兄，有空我替你看看心理，有什麼畸形毛病。」

醫生並沒有放林大拓走，抽血檢驗，做心電圖、視力測試，一直從醫院一角走到另一角。

大拓要求：「請給我披一件外套。」

一邊力高終於連絡到大拓，有點氣惱，「你去了何處，大家擔心。」

「我無事。」

「有女伴即管帶來，無比歡迎，你什麼時候學得鬼鬼祟祟，你可是故意避開莊生，她十分難堪。」

大拓知道再也瞞不下去，「力高，我忘記莊生。」

「什麼？」

大拓把事說一遍。

力高氣急敗壞，「還不到醫院檢查！」

「我正穿着透風袍子在醫院。」

「不早說。」

「別驚動別人。」

「我不認識別人，只有圓周與小的姐弟二人。」電話掛斷。

桑子取回衣物，大拓換上，她送大拓回家。

文華迎出，「父親，大家都不知你去哪裏。」

桑子終於見到大拓長子，少年漂亮得一塌糊塗，老遠便看到他濃眉大眼，桑子朝他點頭，大拓摟着兒子肩膀進屋。

三日後，醫院報告出來：林大拓是一個最健康的人，如無意外，可活到八十八歲，醫生稱讚：「這是不煙不酒，不捱夜生活的好處。」

小的懊惱，「大拓一定頭一個忘記我，我與他有齟齬。」

「奇怪，他第一個忘記的是莊生。」

圓周答：「我想不，文華說他已許久沒到墓地。」

小的問：「那麼，錦瑟呢？」

「你倒還記得錦瑟。」

小的訕訕。

「依次序，他先後忘記怡和、莊生、錦瑟。」

「你們忘記一個非常重要的人。」

「誰，莫非大家都患記憶失調？」

「那個他堅持見過的無名少女。」

「是，是，那個不存在的魅影。」

「不一定不存在呵，大拓堅持是我們的記憶有差錯。」

「這個桑子是誰？」

「還是力高牽的線，她是槍會聘請的心理醫生。」

「我不信那一套。」

但是，桑子對大拓有益。

他臉色好得多，神情放鬆，恢復會外活動，不論日曬雨淋，清晨與桑子跑步半小時，打算參加半馬拉松。

他與文華相處時間也較以前多，父子研究美加學府哪一家可負擔，一談就半日。

妹妹仍然只會叫爸爸，莊生擔心，四處請教醫生，但各醫生説全無毛病，待孩子自由發展。

一日，文華低頭問妹妹：「你還不説話。」

妹妹抬頭：「我會説話。」

文華大奇，「説説看。」

「你是哥哥，不與我住一起，還有大弟小弟，是圓姨的兒子。」

「説得好極了，為什麼不多説？」

妹妹笑，緊緊抱住哥哥。

「父親，妹妹會説話！」

大拓趕近，妹妹又低頭玩電子遊戲，一聲不響，大拓搖頭，「別催她。」

「妹妹能説會道。」

「再過些日子吧。」

大拓走開，文華再抱着妹妹，「不喜歡就別説，你做對了。」

妹妹嘻嘻笑。

她一直到七歲才願意與家人同學交談，不過，這已是很久之後的事了。

接着半年，健康的林大拓每天都會忘記一些東西，有的重要，有的不要緊。

他的常用語是「有這種事，我不記得」，大家引以為常，他有一本備忘錄，有疑問打開查看。

一日，整理書房角落，找到捲着的圖則與畫像，咦，這是什麼，「文華，可是你的勞作」，文華答不，他扔進垃圾桶。

家居越來越擠，非清理不可，一下子丟掉幾大箱雜物，不合穿衣服全部捐慈善機構。

每次探訪妹妹，都覺得莊生越來越陌生，於是更加客氣，她一走近，他必然站起，莊生偶而搭住他肩膀，他緊張緩緩退開。

林大拓與林妹妹一樣奇怪。

一日，回健身室，力高事先張揚：「大拓，看誰來了。」

咦，誰，一個漂亮年輕女子笑着迎上，「我的大隊長。」態度親暱得不得了。

大拓一直掛着禮貌笑容，「你好。」

誰知女子靠到他肩上，「別來無恙乎？」

大拓退開一點。

這些，都看到力高眼內。

那錦瑟一向冒失，她摟住大拓，摩挲他腮邊，大拓錯愕，魂不附體，節節後退，幾乎沒喊救命，他握着錦瑟手臂，把她交還力高。

「這位小姐——」

錦瑟大笑，蹲到地上，笑得流淚，雙手掩臉。

力高惻然，「錦瑟，他開你玩笑——」

大拓連忙躲到另一角。

人客取笑，「女人找上門算賬？大隊長，一直相信你是正人君子。」

大拓沒好氣，「全體做起臥動作三十次。」

力高走近，他先開口：「那女子是何人？」

「大拓，那是錦瑟，回來度假，第一件事便來看你。」

大拓瞪目，名字那樣動聽，卻一點印象也無，十分陌生。

「大拓，她是小的從前的女朋友。」

「原來如此，怪不得熟不拘禮。」

力高瞪着大拓，見他鬆口氣，全無芥蒂，這個錦瑟，已在他腦海完全剔除。

一邊看到錦瑟要離去，力高追上，「我送你。」

力高不知與錦瑟說什麼才好。

錦瑟輕輕說：「我明白，這樣也好。」臉上有淚印。

「大拓有苦衷。」

「我知道，他不欲藕斷絲連，拖一條尾巴。」

力高問：「這次回來，可有別的事？」

「家父辭世，我回來聽讀遺囑。」

「錦瑟，最年輕的是你，珍重流金歲月。」

錦瑟忽然再度落淚。

她這樣說：「真捨不得。」

「可是，他都放下了。」

錦瑟轉頭離去，看背影，都知道她標緻，長腿，胳臂是胳臂，腰是腰。

她家有司機開着車來接。

下午，大拓問力高：「錦女可是來見小的。」

力高答：「她愛的不是小的。」

大拓莫名其妙，一下子丟開。

圓周知道後，這樣說：「大隊長不會是要我們吧。」

「錦瑟見到我，頭一句話是：大拓可有女友？」

「這女孩恁地多事。」

「我答沒有，他獨身，生活自在，也沒有多餘時間。」

「桑醫生呢。」

「他們一定有默契，不徐不疾，順其自然。」

力高啞然。

「但願他不會忘這些忘那些，終於把我們幾兄弟也忘記。」

說也奇怪，錦瑟那件事之後，林大拓記憶漸漸恢復清晰：他對文華說，「星期一學詠春，星期二接妹妹習泳，星期三足球。」

「不，父親，星期三取消。」

「我查過，教練又有空檔了。」

文華問同學，果然如此，他父親十分清晰。

這不知是否好事，只怕他會恢復從前精明嚴厲。

那是近事，往事，忘記的再也記不回來，仍然時時翻閱備忘錄。

事隔一年，再回醫生處檢查，答案一樣：「沒有比林大拓更健康的中年男子。」

中年！

他鬢腳已有些少白髮。

「為什麼，」他問桑子，「白髮總長在着眼的鬢邊。」

「頭頂何嘗沒有，你看不到而已。」

「謝謝提點。」

「可要染黑。」

大拓搖頭，「不必了。」

「我有一個女友，她勤染白髮，是為怕年幼子女看到不開心。」

「有這種事？也太體貼一點。」

「你可以考慮，妹妹才那麼小。」

林大拓豁達哈哈笑。

「桑子，你怕我顯老。」

「林大拓，你忘記我比你只小一歲。」

桑子要外出，四處找車匙。

大拓提醒，「在玄關矮桌玻璃盤上。」

一點不錯，桑子一怔，心中暗喜：他的健忘症候有好轉。

在車上，她眼睛通紅，不知不覺，對這個情緒不穩的男子已產生如此深厚感情。

日後，不知會否吃苦。

診所電話已經追至。

夏天，大拓與文華往北美。

就父子二人，桑子沒有參與。

桑醫生也少去健身院，留着空間做君子之交，她不喜大家庭大鍋飯生活方式，就連文華，也保持距離。

文華喜歡北美陽光明媚東岸。

「你沒見過冬季攝氏零下三十度六呎高積雪壓塌屋頂大雪。」
「奇怪風景明信片上全無類此雪景。」
「怎可告訴遊客。」
「父親你在何校讀書，請説與我聽。」
就在舌邊，但林大拓無論如何答不出來。
父子往西岸。
聰明的林文華笑説：「加國西岸簡直是華裔城市。」
滿眼都是黃面孔，當然，其中也有韓裔與日裔。
文華懷疑，「都能和平共處？」
「因均不是原住民，因都擁有居住權，不想失禮別的種族，算是融洽。」
「可像漢滿蒙回藏？」
「這要人文學教授才能解答，要不，問小的叔也可以。」
父子哈哈大笑。

「真正原住民在何處。」

「文華，我帶你去看一處地方，海達族的土著在該處已經住了一萬五千年。」

「那麼，立刻上車。」

「我們參加旅行社乘小型飛機前往，需要兩個小時航程。」

「呵，那麼遠。」

「整個加國佔北美洲一大半，面積約四百萬平方哩，五分一在北極圈內。」

第二早出發，真沒想到十二座位飛機全滿，有一家帶着個比文華略大的女孩，林大拓不禁同兒子說：「美女」，一出口已覺造次，少女已經聽到，低頭嫣然一笑，文華呆呆看她。

父子坐在那輛昔士那最後座，比較舒適位子讓給別人，有一對老年夫婦一見那飛機如玩具般，立刻退出，另兩對中年夫婦遲疑，已經來不及，飛機起航，兩個中年太太嚇得嘔吐大作。

文華拿着旅遊小冊子勤讀，少女探頭，他與她談起來：「海岸線在冰河時期形成，因在太平洋沿岸，海浪還算平靜，是滑浪勝地……」

少女說：「真沒想到都會不遠之處就有蠻荒原始溫帶雨林，美國家地理雜誌介紹這一列群島是全球二十個必遊之地，我拖爸媽同來。」

「是嗎，你不說我還不知道，它原名海達桂，十八世紀英人佔領英屬不列顛省，命名夏綠蒂王后群島，夏綠蒂是喬治三世之妻。」

「還是原名海達桂好聽，人家住了一萬五千年。」

大拓看着少男少女說得投機，真想不認老也不行，文華已開始注意異性，而且態度進取。

這孩子寂寞，大拓心酸。

少女的父親搭訕，「我們姓田，你也是陪孩子入學？」

大拓只得交際起來，自我介紹。

田先生說：「小女田丰打算讀地質物理，故此……」十分健談，幾乎把他的前半生在航程裏和盤托出。

另兩位太太已經吐得臉色發青，幸虧文華背囊有暖壺，倒出熱水給她倆。

打開飛機門，一陣冷風，文華又把外套脫下給田丰，噫，一副小隊長模樣。

小女問嚮導：「那棵世上最高大的美洲松在哪裏？」

導遊詫異，「那在另一座島上，並不包括在這次節目裏，該處人跡不到，像電影Avatar外景場地。」

文華說：「帶我們去。」

導遊說：「留在遊客區比較安全呢。」

這時其他旅客忽然看到鯨魚冒出噴水，開心歡呼，連忙舉起照相機。

少女不甘心。

文華說：「隔幾年再來，我陪你。」

少女笑顏逐開，「你還是孩子呢。」

文華揚起一條濃眉，「孩子都會長大。」

他們跟團走向小徑。

田先生嘩一聲，「久違了，大自然。」

「收不到電話，多靜。」

他們可以聽到各種鳥鳴聲，一群禿鷹棲止樹頂，滿地青苔，濕氣重，伸手可以撈到霧，遊客驚喜歡呼。

不到一會，少女長髮沾滿霧水，美得像小仙子。

林大拓對自己說：我在什麼地方見過這美少女，恁地眼熟，不過，美女全一個胚子：大眼，小臉，雪白皮膚，高䠷身段。

那兩個中年太太又喊吃不消，要打回頭。

文華給她們巧克力，這才看到她們穿着高跟鞋，已經濕透。

田丰低聲說：「鹿，鹿。」

導遊也放輕聲音：「如果看到黑熊，千萬不要叫。」

太太們嚇得流淚。

導遊說：「不怕，我有槍。」

田丰指向樹梢成群跳躍松鼠，「沒想到這麼敏捷。」又看看人類婦女，何等笨鈍，不像地球原住民。

終於到了瞭望台，見遊客禮品店，女士們連忙買了靴子換上喝熱可可。

田丰選了一枚銀製領呔夾子贈文華，文華立刻別上道謝，他給田丰挑一隻手鐲，一邊刻圖騰飛鷹圖案。

兩個少年交換電話地址，「下次再來。」

導遊知道他們不能吃苦，讓他們乘吉甫車由另一條路回停機坪。

「為什麼不見居民？」

「只得五千人，住在岸邊，方便捕魚。」

「這簡直是世外桃源，海外仙境。」

「留給你住好了。」

林大拓一直怔怔，我好似到過類此自然環境。

飛機回到市內，等候中下一輪遊客大不乏穿高跟鞋太太，文華父子微笑。

田先生約林先生：「林兄，不如到本市著名海鮮店去吃龍蝦粥。」

大拓不喜交際，但看到文華盼望神色。

他說：「我請客。」

忽然結識新朋友。

田先生袋裏手提電話叮叮響。

飽餐一頓，才依依不捨道別。

文華老氣橫秋說：「少見田丰那樣懂事女子，不迷歌星、不貼假睫毛、不穿短裙，又喜愛大自然。」

好似已經找到的樣子。

大拓用力忍住笑。

接着，探訪寄宿學校，校園沿途有學生同他們打招呼，人情溫暖，文華高興。

大拓提醒：「世上每個地方都有陰暗面。」

最黑暗是寄宿學費之高，叫林大拓吃驚，這是他收入三分之一！這還只是高中，大學不知貴到什麼地步，查一查，他張大嘴，說不出話。

他還是咬一咬牙替文華報名。

教務主任走出，與他握手，「林大拓，你回來了，多少年不見？也不回轉探訪校友，我是你三年同房周至惠呀，不記得了？也難怪，我禿髮……」

這是他母校？

林大拓發獃，「是，是。」

「我倆情同手足，可惜為一個叫芝芝的女孩鬧翻，唉，往事如煙，一起吃頓飯，這是公子嗎，好英俊的少年人。」

林大拓仍然發獃。

袋裏電話響，一看，是桑子，「對不起，我先說幾句。」

他衝口而出，「桑子，想念你，後天就回來，大家好嗎？」

「告訴你一件事，小妹妹到處找你，每間房間都進去查看，叫爸爸，找不到，哭得傷心，我都惻然。」

哎。

「你好嗎。」

「我回到母校中學都不認得。」

「忘記就忘記，沒大不了。」

這話似當頭棒喝。

「你不怕我這個竹織的人。」

「一個人若什麼都念念不忘，數着過往舊賬，也不是好事。」

「再來再見。」

林大拓老同學大聲説：「令郎來入學，我一定照顧，我家有三個女兒……」

他們這種年紀，擔心的，應該是另外一些事，春天的花，秋季的月以及失去時光，已經不相干。

全書完

書名　　森莎拉　　作者　亦舒

出版　天地圖書有限公司
香港皇后大道東109-115號
智群商業中心十五字樓
電話：2528 3671　傳真：2865 2609

香港灣仔莊士敦道三十號地庫／一樓（門市部）
電話：2865 0708　傳真：2861 1541

設計及插圖　Untitled Workshop

印刷　亨泰印刷有限公司
柴灣利眾街27號德景工業大廈十字樓
電話：2896 3687　傳真：2558 1902

發行　香港聯合書刊物流有限公司
香港新界大埔汀麗路36號
中華商務印刷大廈3字樓
電話：2150 2100　傳真：2407 3062

出版日期　二〇一七年二月／初版・香港